내 사랑의 반은 첫사랑이었네

노두식 시선집
내 사랑의 반은 첫사랑이었네

발행일
초판 1쇄   2024년 11월 30일

지은이　　　　● 노두식
펴낸이　　　　● 김종해
펴낸곳　　　　● 문학세계사
출판등록　　　● 1979. 5. 16. 제21-108호

주소　　　　　● 서울시 마포구 신수로 59-1(04087)
대표전화　　　● 02-702-1800
팩스　　　　　● 02-702-0084
이메일　　　　● munse_books@naver.com
홈페이지　　　● www.msp21.co.kr

ISBN 979-11-93001-60-8   03810

후원 :　 인천광역시　　 인천문화재단

본 도서는 인천광역시와 (재)인천문화재단의 후원을 받아

'2024 예술창작생애지원'에 선정된 사업입니다.

노두식 시선집

내 사랑의 반은 첫사랑이었네

문학세계사

□시인의 말

시간의 오래된 이름을 불러 모았다
묶어 두었던 발자국을 헤쳐 놓는다

뿔 하나를
중심에 세워 놓고 내려다본다

잊은 것과 잊힐 것들이 화창하다

바람이 분다

저만치 낯선 길이 새로 벋는다
펼치되 기다리지 않는 길

2024년 겨울에

□ 차례

1

천둥지기 _____ 16

파꽃 _____ 18

내 사랑의 반은 _____ 19

헌화 _____ 20

너와 한 번쯤은 _____ 21

돌아오는 길에 _____ 22

몽혼야행 _____ 24

수수꽃다리 _____ 25

기다리지 않아도 오는 것 _____ 26

분홍 문신 _____ 28

올봄에도 _____ 29

우리 사랑 _____ 30

여자 _____ 32

산하엽 _____ 33

달밤 _____ 34

벚꽃 개화 _____ 36

절벽 _____ 37

사랑이 깊어 간다는 것은 _____ 38

나의 꽃 _____ 39

생강나무의 방 _____ 40

분꽃 _____ 42

가을 편지 _____ 44

목련 _____ 45

눈을 감은 채로도 _____ 46

사라지는 우리 _____ 48

낯설지 않은 풍경 _____ 50

유도화 _____ 52

백일홍 _____ 53

쇠비름 _____ 54

내가 당신을 사랑하는 마음은 _____ 55

오래된 말 _____ 56

배롱나무 _____ 57

편지 _____ 58

산수국 _____ 59

초봄 그리고 이별 _____ 60

2

거울은 아무것도 반사하지 않는다 _____ 62

보이지 않는 그림자 _____ 64

내가 어떤 이의 나무였을 때 _____ 66

피뢰침 _____ 67

모르는 길 _____ 68

어르고 달래며 _____ 70

악어는 꿈을 꾸지 않는다 _____ 72

수락산 돌탑 _____ 74

안개를 만지며 _____ 75

줄풀의 구름 _____ 76

사이프러스 _____ 77

달 _____ 78

산 _____ 79

나무가 앓다 _____ 80

정서진에서 _____ 82

상시적 질문 _____ 84

잊는 법 _____ 86

바라보는 동안 _____ 88

평온은 어떻게 오는가 _____ 89

엽서 _____ 90

소리로 적시다 _____ 92

돌 _____ 94

공평한 것은 없다 _____ 95

꽃대궁에서 떨어지는 눈물 _____ 96

달음질치는 별 _____ 98

하산 즈음 _____ 100

팽이 _____ 102

대답 _____ 103

안식 _____ 104

다도해에서 _____ 106

그림자 표정 _____ 108

오체五體의 노래 _____ 110

아무렇지도 않게 _____ 112

일기초日記抄 _____ 114

무소의 뿔 _____ 116

3

오랜만의 안부 _____ 120

이대로가 좋다 _____ 122

누이 생각 _____ 125

나 _____ 126

낙섬을 그리다 _____ 128

생일 아침에 _____ 130

주름살 _____ 131

혼자 사는 일 _____ 132

크레파스로 그린 사랑 _____ 134

발자국 _____ 135

동갑 _____ 136

4. 21. _____ 138

아버지의 거울 _____ 140

간절하다 _____ 142

낙섬 _____ 144

오래된 사진 _____ 145

자화상 _____ 146

다시 솔로 _____ 148

꿈의 잠 _____ 150

사랑은 그런 것 _____ 152

거울 _____ 153

좋은 시절 _____ 154

빈자리 _____ 156

그 길 _____ 157

떠다니는 말 _____ 158

치매 _____ 160

이력서 _____ 162

진료실 _____ 164

어버이날 _____ 165

손 _____ 166

월미바다 _____ 167

개나리 _____ 170

나의 전과 _____ 172

우리의 빈 가지 위에 _____ 173

아침신문을 읽다가 _____ 174

4

가는 것은 낮은 자세로 _____ 176

기억이 선택한 시간들 _____ 178

다리미질 _____ 180

아침에 해가 떠서 _____ 181

내가 알고 있는 것들 _____ 182

내가 그러하니 _____ 184

몽돌을 들다 _____ 186

속살은 희다 _____ 187

일몰 _____ 188

뽑기 _____ 190

호숫가에서 _____ 192

쥐똥나무 _____ 194

몽돌 _____ 195

구름 _____ 196

지금은 사월 _____ 198

가을에 _____ 200

회복 _____ 202

측은한 거울 _____ 204

단추 _____ 206

어쩌다 _____ 208

거베라의 배 _____ 210

풀잎 하나가 _____ 212

홀로인 적이 없었다 _____ 213

뒤돌아볼 때 _____ 214

슬픈 노래 _____ 216

양평에서 _____ 218

플라타너스 _____ 220

벌레 이야기 4 _____ 221

그런 날 _____ 222

바람 행로 _____ 224

소외된 기억 _____ 226

할미꽃 _____ 228

산책 _____ 229

어둠 한 점 _____ 230

그날이 오면 _____ 232

| 해설 | 유성호

삶의 궁극으로 귀환하는 사랑의 역설 _____ 233

| 저자 약력 | 노두식盧斗植 _____ 269

1

천둥지기

너를 기다리다가
누군가에게 떠밀리어 앞으로 걸어갈 때
네가 등 뒤에 와 선다 해도 그건
아무 언어도 아니지 하나의 방식일 뿐
그냥 춤사위 같은 방식일 뿐

기다리는 네가 오지 않으면
나는 선인장처럼 멈춰 서면 되지
멈춰 서서 다시 뾰족하게 기다리면 되지
샘이 고일 때까지 하냥 목마르면 되지
그러다가 쓰러져 버리면
그도 그만이지

하지만 네가 내 앞에서
세상의 언어가 되어 걸을 때
맨손으로 등을 쓰다듬어 너를 고르는 손가락의 시늉
만으로도
한 페이지 가득 율동으로 완성되는

비로소 너는 나의 지울 수 없는 무늬가 될 것이지

그렇다 해도 기다림이야
한갓 천둥지기의 시름에 다름 아닌 것이니
나는 그대로 다소곳하리

파꽃

너를 생각할 때마다
나는 왜
너의 하얀 부분만 기억이 날까

나에게 네가
너의 전부가 아니었다면
너에게 나는 또
얼마만큼의 부분이었을까

아, 사랑하고 싶은 것만 사랑했던 사랑

사랑을 떠나보낸 후
내 게으른 눈
이제야 온전한 너를 보겠네

내 사랑의 반은

진작에 깨달아
내가 이 세상의 누벼진 한 올 한 끝으로써
그 끝을 이루는 수많은 실밥 같은 이들을 더불어 사
랑하는
그런 법을 알았더라면
그리하여 늦은 한 사람을 초신성의 현현처럼 기꺼워하며
외줄기로 벽계를 이루어 흘러 이르렀으되
설령 그것이 단 한번의 목숨으로 꺼져
허기평심 주저앉았더라도
상심 없었으리

평생 온 사랑을 하며 산 줄 알았으나
내 사랑의 반은 첫사랑이었네

헌화

굿판의 협도鋏刀가 되겠습니까
퍼렇게 깎인 몸으로 드러누워
날뛰는 젊은 무당의 속곳을 눈주어 보다가
달 차는 날에는 붉은 장미로 피어
파장머리 그만치서 어슬렁이다 지친
저세상 처녀 가슴 가득히 안겨 주겠습니까
날카로운 붉은 꽃으로
뜨겁게 안으로 짝이 되어 주겠습니까

너와 한 번쯤은

한 번쯤은 풀꽃 같은 너와
한 살림 살아 보고 싶다

둘이서 밥도 해 먹고 산책도 하고
나란히 앉아 티브이도 보고

어르듯 불러 주는 노래를 들으며
꾸벅꾸벅 졸고도 싶다
겨울 밤
빨간 내복 안으로 손을 쓱 집어넣어
등을 긁어 주면
잠꼬대처럼 시원하다고 하는 말도 듣고 싶다

그렇게 살다 보면 두 번은 못 사는 이 세상이
아쉬워질 거야
한 번 더 살 수 있으면 좋겠다 생각하겠지

그런데 한 번은 또 누구와 살지

돌아오는 길에

공항에서 돌아오는 길
차창 밖으로 갯밭이 보인다

막 밀물이 드는 앙가슴에
하얀 갈매기

한번은 기약의 말을 해야 하고
기약할 수 없는 일보다 어쩌면 더욱 아름찬

헤어짐이란

짠물에 잠겨 흔적 없는 상처
갯고랑 아래로 한 움큼의 위안도 마련하지 못한 채
사람이 사람의 이름을 부르고
부르다가 돌아서면 갯밭은 다시 썰물 위에
검은 침묵으로 눕는 것

하늘 아래서

아무래도 밀물처럼 달아나고 썰물처럼 밀리는
혜량 없이 허한 일들 가운데

떠나보내고 돌아오는 일도
아득한 섬 하나를 돌아 나가는
어느 막다른 날을 위한 연습이어서

몽혼야행

시든 자엽 같은 수레를 끌며 어둠 속을 디뎌 가는 발걸음마다 기억이 질퍽거려요 가로등이 드문드문 켜 있어도 마찬가지예요 당신의 볼이 젖어 있던 그날이 생각나요 그냥 입만 다물고 있으면 되는 건데 낯선 입들은 입술을 달막거려요 거품처럼 떠다니며 낡은 문장을 만들어 놓아요 섞여 있는 숫자들은 대부분 기형이에요 글귀들은 차근차근 밟히는데도 소리가 나지 않아요 간간이 삭정이 부러지는 듯한 소리는 당신의 귀로만 들을 수 있는 신음이에요 그것은 부싯돌에 튀는 불꽃처럼 켜졌다가 꺼져요 사위는 그만큼 더 고요해지고요 나는 어디로 가고 있는 걸까요 한번도 궁금해하지 않았던 것들이 친절하게 약병을 건네주어요 입들에게 향방에 대해 물어볼까 하다가 마음을 접어요 무엇이라도 무릎이 푹푹 빠지면 하염없지요 목울대가 잠겨 숨이 차기 시작할 때가 결정하는 시간이지만 약을 한 모금 마시고 그만 귀갓길에 들어요

밤마다 먼 길을 잃고 돌아오는 의문투성이 몽유 대체 나는 당신의 얼마만큼이나 아픈 건지요

수수꽃다리

첫사랑의 맛이라고 해서
이파리 하나를 땄지
하트 모양의 호기심을 입안에 넣으며
풋풋했던 마음은 곰상스럽게 상상을 했었어

꼭꼭 씹어 보던 그 쓰디쓴 맛

훗날에야 알게 되었지
오월의 수수꽃다리는
이파리마다 음음한 퍼런 멍을 앓다가
종내 보랏빛 향으로 앙가슴 비질하던
스무 살 내 아픔의 나무였다는 걸

기다리지 않아도 오는 것

그까짓 사랑
기다리지 않아도 사랑은 온다
나도 사랑해 본 적이 있으니까
어느 날 사랑이 나의 일상이 되어 버렸기에
사랑이 찾아온 줄도 모르고 사랑에 빠졌었기에
아무런 의심도 없이
나는 사랑으로 배를 불렀지
장미의 향기가 모두 소멸될 때까지
아침이 오고 밤이 가듯이
그토록 수월하게

그러나 나는 시방 사랑을 기다리고 있다
아닌 척하는 게 아니라 나도 모르게 진실로
왜냐하면 빛은 영원하지 않기 때문이지
분간할 수 있는 귀를 잃어도
눈이 깊이를 헤아리지 못해도
그런 건 그다지 슬프지 않아, 채우지 못하여 비어 가
는 것들은

기다리지 않아도 사랑이 온다는 그 말을

다시 믿고 싶다

그까짓 사랑

무언가 내 안의 한 부분이 변하기 전에

마지막 남은

채울 수 없어 비어 가는

서로 더 이상 아무것도 아닌 우리를 위하여

분홍 문신

마음 일습 얽혀 살던 축대와
창연한 고색도
그 강물 그 하늘이라면

먼 산 허리께에
분홍 깃 박힌 앳된 부리로
속살 쪼아 새겨 놓은 꽃잎 같은 시간들만
둥싯 떠 있는

올봄에도

꽃을 바라보다가
꽃이 되었던 적이 있나요

나에겐
누가 다가가도 꽃으로 피어나게 하던
그런 사람이 있었습니다

올봄에도 그 꽃
제일 먼저 피어났습니다

우리 사랑

그날이 와서
사랑하는 우리가 헤어지면
이 세상에는
닳고 닳아 윤이 나던 예쁜 단어 몇 개가 사라지고
우리 서로 연결되어 숙성시킨 온기만큼
그만큼은 썰렁해지겠지

이런 일은 아주 특별한 것이어서
왜냐하면 우리와 똑같은 우리는 없으며
우리의 불꽃 우리의 운율 우리의 촉감은
우리만의 것이었기에

아무도 눈치채지 못하게
가을이 가고 겨울을 지나
사랑은 어딘가에 멀리 겉돌다가
우리가 헤어져 다시 만나지 못하면
누구도 대신하지 못할 그 사랑의 비밀은
풋가지 같은 낯선 어깨 위에

머뭇대는 마른 입술 위에서 시름없이 버정이며
그러니 우리가 헤어져 다시 만나지 못하면
그것은 그리움보다 더 애달픈 어둠이 되어
선한 연인들을 시샘하다 그만 말겠지

우리의 사랑은 그런 것
사랑인 줄도 몰랐던 우리의 첫사랑은
이 세상의 마지막 사랑이지

사랑은 알 거야
다시 처음으로 되돌아갈 수는 없다 해도
언제까지나 그 기쁨
분홍빛 문신으로 남아 다함이 없으리란 것을

여자

여자는 징검돌같이 왔다

비꽃을 맞으며
난생처음인 것들이 그러하듯 수줍게
촉촉하고 단단하게
곧고 길며 잔가지 없는 뿌리로

어렴풋이
그러나 점점 뚜렷하게
종지부와 같은 견고한 공간 속에
나는 기쁘게 갇힌다

첫사랑의 풍랑을 잠재우듯
지평선처럼 멀리 있던 여자가 스미고 있으니
이제 내게 시간과 나이에 대해 묻지 말라
내가 훗날 답할 수 있는 건
미처 생각해 보지 못했던
두 사람이 창조한 색깔에 관한 일

산하엽

상상할수록 환해지는
환각보다 더
적나라한 사람이 있다

불꽃 없이 빛나며
서늘하고 신성하여
그 앞에선 다만 수그릴 뿐

눈을 감아도
눈부신

내 마음 모르실 이

나 스스로 겨워 흘리는
눈물 한 방울에도 투명해지던
산하엽같이 영롱한 사람이
먼 곳에 가 있다

달밤

그게 그 마음인가

내일이면 보름
달 밝은데
누구의 것인지
피다 만 꽃봉오리에 시든 눈물이 맺혀 있다

나도 한때 피우지 못한 꽃봉오리 하나 들고
달빛이 기웃거리는 울 한쪽에 쪼그리고 앉아
하염없었던 적이 있었다

낯선 꽃봉오리에 고루한 마음을 가지런히 하는 것이
먼 지평선 같은 위안 때문인지도 모르겠다만
그게 벌써 언제 적 일이냐

계절도 잊은 지 오래인데 달이 오늘
착하게 밤을 밝히고 있다

내일은 또 보름이라서

옛꿈에라도 숨이 붙어 있다면

접었던 사랑 펼쳐

어둠 속에 따스운 가슴 가만히 겹쳐 보겠다

아니면 활짝 피어난 것들 흉이나 실컷 보든지

벚꽃 개화

담홍빛 하늘 숲길
빛의 걸음으로
천년이 걸려도 닿을 수 없는 나라

꽃물 든 산하를 밟고
눈부신 소녀가 저만치 달려오고 있다

청년이 두 팔을 벌리고 마주 서서
웃고 있다

절벽

손을 내밀어 닿지 않는 거리보다
마음을 뻗어도 미치지 않는 거리가 더 아팠습니다
지척이었던 당신의 가슴이
만릿길이 되던 날

이별이란 게 그런 것이었습니다
절벽 너머로 보이는 아득한 꽃말이었습니다

사랑이 깊어 간다는 것은

살아갈수록
사랑을 잊은 것처럼 사는 것
친구가 되어 서로 지란의 정을 나누는 것
아무렇지도 않게 중성화되는
닮다 못해 둘이서 하나로 용해되는
그러면서도 그리움이 더욱 새로워지는
끝내 밝히지 않은 마음속 비밀 아껴 두고 애태우는
그러다가 다시 첫사랑에 빠지는
첫사랑에 남은 생애를 다 바치는
아, 서로의 늙어 감을 눈부셔 하는

나의 꽃

무리 지어 피어도 한 송이씩 보는 꽃
헐겁고 시시해서 다들 그냥 지나치는 꽃

내 가슴속에서
추억 하나를 꼬집고 있는 꽃

어디에서나 한번쯤
마음 따라 다시 피는 꽃

생강나무의 방

하얀 손을 벽 속에 찔러 넣고
생강나무가 서 있다

가을이 창가에서 서걱거리고
죽부인이 놓인 침상 아래엔
낡은 슬리퍼 한 켤레 가지런하다

생강나무가 그림 속에서 걸어 나와
눈물을 닮은 목기로 변신한다

물방울무늬 원피스가
목기 안으로 떨어진다
슬프거나 기쁘거나 사람들의 소리는
치마 속으로 들어가기를 좋아한다
물방울무늬가 불규칙하게 움직인다

그리움에 균형이 있어야겠다고 생각한다
현관문에다 붉은 생강 냄새를 물리고

그는 제자리로 돌아간다

침상 아래로 죽부인이 눕고
슬리퍼는 침상 위에 놓인다
그림 속에서 손가락들이 쥐락펴락 움직인다

창밖에서는 가을이 마르고 있다
분간할 수 없는 의미처럼
붉은 냄새가 방 안에 차오르고 있다

물방울무늬 원피스가 그림 옆에 걸리고
방에는 침묵이 흐른다
모든 것이 요지부동이다
이 같은 반복, 견딜 수 없는

분꽃

여자에게서는 분꽃 냄새가 났다

어둠 속에서만 꽃을 피우던
그녀가 웃을 때
눈가에는 고백처럼 이슬이 맺히곤 했다

여자의 속마음은
세모시보다 더 삽삽하고
하얄 것 같았다
그녀를 안으면
그토록 깨끗해지는 것이었다

내가 서러움을 아는 나이에
여자는 까만 꽃씨가 되어
꽃받침 위에 웅크리고 앉아 있었다

그녀가 그리운 밤에
나는 동그란 꽃씨를 열어 본다

그러고는 그녀의 슬픔에 대하여

곰곰이 생각해 보는 것이다

가을 편지

봉투에는 주소가 없으니
배달하지 않아도 되고
누구에게나 보낸다 해서 안 될 것도 없고

마음만큼은
작지만 붉게 익은 고욤 같아서
장맛비 온 뒤 농부들처럼 종종댈 사연도 아닌지라
나의 편지
아무나 읽어도 좋고
읽지 않는다고 서운할 일도 없고

소슬바람에 훌훌 날려
새털구름처럼
구구절절 허공으로 흩어져 버린다 해도
거기 높다라니 푸르름을 벗할 테니
나는 일절 상관 않으리, 내 그대
가을이여

목련

내 염원이
특별한 날을 만날 때, 목련이여
그날은 바람 자는 봄날이었으면 좋겠다
오랜 날 백자 꽃병에 담가 두었던 마음
단아하게 옥 매듭지어
가지마다 하얗게 올려 네 엄동을 위로하고
풀어야 할 매듭은 낙화로 져 다만
빈 가지 순 돋는 잎새들을 빛나게 하리니
그리하여 너를 빌어
푸른 불꽃으로 타오르면
나는 향기 없는 재가 되어
허공을 날아도 좋으리

눈을 감은 채로도

꽃봉오리를 흘깃대며
진작에 피었던 양지 녘의 꽃잎이 지고 있는 저녁
떨어지는 꽃 잎새마다 노을이
몰래 덧칠을 해 주는 이유를 하마 너는 알겠지

등 뒤로 내리는 산그늘처럼
세상에 남은 것들은
외진 일로 두어 번만 휘둘리고 나도
그리움으로 시드는 것이어서
네 곁을 스쳐 간 시간들을 좇아 너 또한
어느새 먼 수평선의
물빛 같은 고요 속에 잠길 테지

사랑은 때로
아스라하니 흩어졌다가 몰려오는
잔고기 떼처럼 부산하거나
서로가 닿지 않는 거리
공중에 걸리는 가교의 작은 삐걱거림들로

어설프게 피어나기도 하거니와

사소한 아름다움에도 슬픔은 지워지는 것이고
우리는 서로 아닌 듯 이별을 할 수 있는 거지만
그래서 꽃잎에 묻은 노을빛이
땅속에 묻히는 것을 보며
토닥임을 아는 가슴들은 맥맥히 침묵하는 거고

밝음이 다하고 나도 어느 미망 속에서는
눈을 감은 채로도 무엇인가가 훤히 보이고
그런 것들이 모두
그토록 지우고 싶지 않던
속 따스운 이들의 묵묵한 뒤태라는 걸
나 알고 있지만

사라지는 우리

강둑에 앉아 우리는 강물을 바라보고 있지
무심하게 달아나는 물의 뒤태는
바로 우리들의 시간이야
열정도 증오나 고뇌도
지나간 것들은 보이지 않지
벌써 수십 성상을 저렇게 흘러갔을 테니까
지금의 모습인 듯한 것들도
이미 옛날이 되어 버리고 있는 거야

서로 마주 보는 우리의 얼굴
이 순간의 얼굴이 원래 있기나 했던가
우리는 흘러갔고 흘러가고 있으며
언젠가는 흐르지 않겠지

우리 서로를 잃지 않은 까닭은 눈이 아닌 마음의 믿
음 때문
그러니 서로를 뚫어지게 바라보는 대신
상기된 두 볼을 가만히 맞대어 보자

세상의 모든 걸 다 잃는다 해도
우리 둘 가운데 누군가의 가슴속에서 소복이 살아나는
한 시절의 고운 사랑이 깃들도록

따뜻한 우리
따뜻했던 우리
착한 믿음의 고마움으로

낯설지 않은 풍경

길모퉁이에 두 사람이 마주 보고 서 있다

한 사람이 돌아선다
망설임 없이 그는 앞으로 걸음을 옮긴다
어떤 기억 속의 낯익은 정경이 보인다

이별이란 보랏빛 배경이 아니더라도
뒷모습을 보고 서 있는 사람에게는
뭔가 여운이 더 남는 법이다
두 사람 사이의 균형이 저처럼 흐트러지면
보내는 자의 젖은 시선을 끌며
솜털이 빠진 시간마저도 재빨리 멀어진다
한 사람에게는 작정한 길이 있을 터이고
한 사람은 그 자리에서
가슴이 식어 가기를 기다리며 서성일 것이다

이별은 갈등을 한정 지으므로
—그렇지 않은 체념이 어디 있던가—

각자 보듬고 있던 기억들은
꽃불처럼 잠깐 반짝이다 사라질 것이다
그러고 나서 그 이상도 이하도 아닌 만큼
둘의 관계는 소원해진다

먼발치에서도 남의 마음이 읽힐 때가 있다
어디서부터인가 서로가 한참 다른 듯 또한
너무나 많이 닮아 있다는 사실을
우리는 태연스레 받아들인다

유도화

자신을 사랑하기 위해서라면
단지 순결하면 된다고
꽃이 말했지, 누군가를 사랑하기 위해서라면
순수하지 않고서 어찌 이룰 수 있겠느냐고

순수가 인간의 짝수일 때
순결은 신의 홀수라고
순결이 꽃이라면 순수의 궁극은 독이 아니겠냐고

하면
독을 품은 꽃이 이상할 것도 없다고
사랑은 두 가지 개념의 수라서
해독하려 들수록 아프다고

그 말을 듣고
나는 사랑 하나를 버렸다

백일홍

늦은 꽃들 사이로
너의 좁은 어깨가 염염했지
색 바랜 꽃잎 속 꽃술들은
눈물 같은 손을 흔들었지

소슬한 기억들을 등에 업은 채
여름이 휑하니 앞서 나가고
물들다 만 단풍
잎새마다 맺힌 거울 위로
파란 언어들이 뚝뚝 떨어졌지

언젠가의 기다림은
가슴에 묻은 꽃씨만 한 희망이었지

계절이 한 바퀴 돌아와 백일홍이 피어도
백일홍 꽃이 다시 피어도
다 자란 꽃대궁 위로 반가운 눈을 뜨지 못하고
멀찍이 솟대마냥 서 있었지

쇠비름

꽃도 누구에게는 눈물이던가
꽃잎 지던 그 저녁처럼
빗소리에 나는 젖는다

애면글면 손사래를 쳐도
져야 할 것들은 지고
진 자리에는 박제된 사랑만 추레하다
꽃냄새 자욱하던 시간은 무위의 대기
그믐의 무게로 눌러 나를 무릎 꿇게 하고

외진 길섶 쇠비름처럼 엎어져
이제부터는 어떤 낙화라도
두렵고 슬프기만 하겠구나

물이 되어도 흐르지 못하는 일들이
모질지 않기를 그토록 간구하였으나

내가 당신을 사랑하는 마음은

내가 당신을 사랑하는 마음은
해 저문 호숫가 떠도는 한 점 갈잎새에
살풋 얹히는 물무덤의 혼적
구름 같은 그림자에 가붓이 자지러지고
아득한 평온을 금 가게 하는
비오리 목청으로 비용 비용
떼 지어 밀리어 가까운 듯
멀리로 나부끼는 영어圉圉의 깃발들

오래된 말

그대가 나에게
이 세상에서 으뜸 환한 말 한마디를 들려 달라 원하면
정녕 듣고자 하는 그 말을
나는 기쁜 마음으로 얼른 되물을 수밖에
어쩌면 그 말이 내가 듣고 싶은 단 한마디일 테니까

그대가 나에게 하고 싶은 말은
내가 그러하듯이 빛나는 것들에 관한 것일 테고
나도 그대처럼
빛나는 것이 무엇인지 이미 알고 있으니까

빛에 대해 생각할 때마다
우리는 어디에서나 서로가 같은 밝기로 반짝일 것이다

그리고 사랑이 이제금
파장 이외의 아무것도 아닌 방식이 되었더라도
우리의 오래된 말들은 변함없으므로
나는 언제라도 그로 인해 처음처럼 수줍어서
따뜻해진 가슴이 조마조마할 것이다

배롱나무

너와 헤어지고 난 후
너를 보낸 자리에 가 보았다

붉은 꽃 지는
배롱나무 곁에
너는 서 있었다
반듯한 이마 하얗게 수그린 채

먼 훗날
다시 그 자리에
네가 서 있다……

배롱나무는 간 곳 없고
삭정이인 양 내미는 내 손을 마다하며
너는 흰 이마 위에
앳된 배롱 꽃들을 뭉글뭉글 피우고 있었다

편지

하필이면
당신이

이 칼끝 같은 시각에

얼마나 두고
망설였을까

도요새의
외마디 토납吐納

풍경으로 피어
사랑 비끼는
자명自明의 노을

산수국

우리의 한 시절이 피었다 진 꽃

보랏빛 입맞춤의 기억도
수묵화의 잔설처럼 희미해지고

가지 끝으로 옮겨 앉은 그 봄날의 눈빛은
간절함을 버린 채
해후일랑도 영영 지워 놓았네

꽃은 다시 핀다 해도
봄은 오지 않으리
이별할 일 두 번 없을
그건 진정 봄이 아니니

초봄 그리고 이별

비는 눈물이 되어 내리고

눈물은 고여 빗물이 되고

떨어진 꽃은 흰 눈이 되는데

눈은 하염없이 붉은 꽃송이로 내리네

2

거울은 아무것도 반사하지 않는다

거울이 제 앞에 서 있던 형상들을
하나둘 꺼내어 늘어놓는다

고정된 시간이 되살아난다
호흡을 멈춘 가슴이 보인다
호흡은 허파 없는 감성으로
가슴은 독립된 의미로

언제라도 반복하고 번복할 수 있어
놀빛의 환영과도 같은
평면 앞에 늘어선 언어들은 긴장한다
요철로 깔린 진실이 상기될
입체적 비밀과 아픔이 있다

드러난 문장은 흐름을 바꾸기도 한다

세워 놓은 것들을 하나씩 지우다가
저항이 있는 부위를 골라 메스로 헤쳐 본다

걸레를 정의하는 방식이 나는 얼마쯤 두렵다
거울을 대해 왔던 오래된 주관도 은근히 무안해진다

뼈마디 심층으로 칼날이 한 땀씩 다가갈 때마다
묵은 귀를 키우며
방울방울 떨어지는 피를 흠향해 보는 반추의 시간이다

거울은 물끄러미 바라만 볼 뿐
아무것도 반사하지 않는다

보이지 않는 그림자

참 이상한 일이지
은사시나무가 능청을 떤다
나 몰래
녹색 눈을 가진 인형이, 너구리의 영혼이
내 가지에 열린단 말이야

헐렁한 의상으로 뱃살을 감싸면서
새로 맡은 신데렐라 역을 뽐내고 있는 오페레타 여가수

충성을 맹세하는 사병의 어깨를 토닥여 주는 장군은
오늘 밤 예정된 칵테일파티의 호스트이다

앙가발이 꼽추 콰지모도가 비탄에 빠져 절규한다
아, 나는 저 모두를 사랑했는데

매미는 굼벵이, 할미꽃은 연꽃
천사는 악마의 그림자를 아무에게도 보여 주지 않는다

마음을 비춰야 드러나는 그림자들

이상할 것 하나도 없어요, 으레 그런 거잖아요
그림자 하나가 다가와 속삭인다

내가 어떤 이의 나무였을 때

오늘도 마주 보이는 나무

나무는 가만히 서 있고
마음이 좋는 대로
나무가 보인다

당신도 누군가에게 그렇게 보일 게다
눈은
보이려는 것보다
보려는 것을 더 잘 보니

내가 어떤 이의 나무였을 때 알았다
아무리 나의 자세로 서 있다 해도
다른 이가 보는
내가 따로 있었다는 것을

피뢰침

마른번개
천둥 치는 날
개펄이 보이는 창가에 앉아
알게 모르게 지은 죄
진실로 참회하면
벼락 맞는 건 피할 수 있지 골똘하다가
교회 십자가에도 피뢰침이 달린 것을 보고
지은 죄는 어쩌지 못하겠구나 싶어
펄밭 나문재마냥 벌거니
얼굴을 붉히고 만다

모르는 길

소는 고개를 들어
조여드는 정적과 눈을 맞춘다
밖은 어스름한데
감았다 뜨는 눈은 순해서
소리 없는 말을 달빛처럼 흘리고 있다

품이 한결 넓어져
기운 볕이 종종댈 외양간에는
큰 짐승과 나눠 갖던 체취가
조금씩 그리운 먼지가 되어 갈 내일

작은 구유통처럼 비어 가는 삶이
마지막 방점을 찍으며
넓적한 어금니 사이에서 부서지는 날에
아무것도 흔들리지 않았다

생명과 생명이 만나 같이 살아도
서로 모르는 사이에

제 길로 가는 법을 따라가고

알면서도 모르는 길들이

열렸다가 다시 닫혀 버리는 우리네 일

어르고 달래며

바위처럼 살려 해도 모래만큼 굳어 본 적 없고
버들처럼 춤추고 싶었으나 풀잎의 노래조차 불러 보
지 못했으므로
후회하는가

나는 사향쥐가 강에서 어떻게 꼬리를 사용하는지
하마가 왜 분홍색 땀을 흘리는지
뱀과 개구리는 체온으로 무엇을 도모하는지 알고 있다
그리고 그런 본능들이 하나도 이상할 게 없다는 사실도

누구에게나 진정한 축복은 자기답게 사는 것

때 없이 스스로를 어르고 달래며 하는 맹세가 있다
인식의 배설기관이 소임을 다하도록
주어진 시간의 그물로 사람의 일을 고이 건져 내는 것
마음의 수염으로는 오늘을 가늠하여 초록 잎의 그늘
을 거두고
촉촉한 부드러움으로 서정의 근사치를 측정하여

두 발이 자국을 내지 않을 만큼의 무게로
  똑바로 길을 걸어 나아가는 것
  회억이 산들바람으로 부는 풍경 사이에서
  다람쥐가 바삐 지나간 흔적을 쫓지 않는 것
  계절 따라 이끼의 색깔이 변하듯 오지랖을 여미며
사는 것
  다가가는 미지의 먼 곳을 일부러 헤아리지 않는 것

  그리하여 온몸의 구석에 닿은 것들을 그러모아
  맑고 서늘한 얼굴을 남기는 것

악어는 꿈을 꾸지 않는다

마지막 기도가 끝나고
검은 두건을 쓴 사형 집행관이
그의 목을 형틀에 고정했다
두 기둥 사이에 높이 걸린 칼날이
비스듬히 햇살을 베며
희고 차가운 빛으로 번뜩였다
그가 이마를 치들면서 부릅뜬 눈이 나와 마주쳤다
그 눈, 그 낯익은 절망이 거기에 있었다

오늘도 꿈은 나를 몰아가고 나는 저주를 배운다
누구일까, 밤을 건디는 자
꿈을 지배하는 존재는

잠에서 깨어나자 악어가 떠올랐다
악어는 꿈을 꾸지 않으므로
턱뼈가 억세고 등가죽이 아름다운 것
주검을 씹으며 눈물을 흘리는 것
간을 졸이며 사는 나는

밤마다 악어가 되고 싶었다

그러다가도 풋잠이 들면
입을 크게 벌린 채 한쪽 눈을 끔벅이고 있는
어미 악어 곁에 누워
어김없이 축축한 전율을 꿈꾸었다

행복한 악어를 찾아 나서야겠다, 이미 늦었는가
더 늦기 전에
패악한 고비를 피해 갈 검은 도구라도 얻기 위해서
생각해 보라, 토막 같은 세상 어디에
꿈 없는 잠만큼 아늑하고 평온한 나라가 또 있겠는가

수락산 돌탑

저마다 제 생애를 간직하고 있을
돌 하나를 골라
돌탑 위에 얹는

누구는 손끝이 떨리고 누구는
가슴이 뛰었을 것이다

눈을 꼭 감은
두 손을 앞에 모은
고개를 숙인

사람의 어둠

돌탑이 하늘을 향해
묵묵히 발돋움으로 서 주는 것은
저도 제 어둠을 버리고 싶기 때문이다

안개를 만지며

낯익어 용서되는 것이 있고
익숙함에 가려지는 죄도 있고

죄가 죄 아닌 듯 죄가 되고
벌도 벌 아닌 벌이 되어

하늘, 낯이 익어도 낯설고
낯설어도 익숙하기만 한 사람, 사람들

아마도 우리
두 손을 꼭 잡고 있어도
서로가 만들어 내는 은밀한 간극 속에서
알 수 없는 우주가 매 순간 변하듯이
떠다니는 가치와 허무가 투명한 물 알갱이처럼
빛을 좇아 꺼지기도 켜지기도 하듯이

줄풀의 구름

줄풀 잎끝에 이슬이 맺혀 있다
시간의 초침에 맺히는 것들은 촉박하다
맺힌 순간 위험에 빠지는
너는 매달린 채로 허공에 손을 내민다
맺히면 다음에 맺히는 것이 또 생겨나고
맺히는 것과 더불어 완성되는 둘만의 관계가 있다
균형에 대해 골몰하는 구름은 형상을 만들어 놓는다
흩어지다가 뭉치면 변조된 노래가 생겨난다
맺힌 것들에게 내미는 손은 불확실하다
출처가 불분명한 저들의 손은 안전하지 않다
풀잎의 날카로움은 매달린 것들을 잠시 고정시켜
늘여 놓은 시간이 진흙밭에 닿는지를 가늠케 한다
맺힌 것들의 영역에 줄기를 내리면 다시
맺힐 것들을 위해 줄풀은 한동안 조정을 거친다
구름은 남아 있는 것을 버티게 하는 최선의 방편이다
낫을 들고 줄풀 뒤에 숨은 나는
제풀에 황색 신호등처럼 깜빡이고 있다

사이프러스

무녀의 비손에 더한 우러름이든
초월을 지향하는 합장이든

때늦은 희망은 차갑고 검푸르다

바람이 불어오는 그곳은 너무 멀어
백 년 기다림에 베인 상처를 감춘 채
나무는 조금씩 더 높이 손을 뻗으며 인내하고 있다

한 생을 마치며 사람들은 행복하지 않았다
무덤으로 가는 길과
무덤 주위로 솟는 미련이
사이프러스로 자란다

흐리고 비 뿌리는 밤마다
까마귀를 닮아 가는 나무들
스쳐 가는 안개에도 까악까악 흔들리고

달

구부러진 빛을
그믐밤 하늘에서 보았다

만월이 휘영청한 지금
희망을 생각한다
저 태연자약한 변덕을 두고
달은
달빛은 여전히 믿을 만한가

빛 아래 모인 사물들
숭배해 온 불균형들
썰물 같은 사람의 뒷모습을
믿어도 되는가

허공에 뜬 신앙처럼 믿어도 되는가

산

날아가는 것들도
산에 이르러 산이 된다

산의 품에 들어
잠기지 않는 것이 어디 있으랴

스스로 산이 되어
산 앞에 버티고 서는 사람들

산은 그마저도 품는다

나무가 앓다

버려야 할 것을 버리려 할 때
스스로 떠나는 버릴 것들이여
떠나는 것들은 뚝뚝 져 내려
제 갈 길을 갈 것이나 그건
어둠과는 사뭇 다른 것
뒤돌아보지도 않고
다시 돌아오지도 못할 행려임에
다습고 끈끈한 오온五蘊*의 그림자는 저마다의
색깔 따라 남는 것이다 그래서
나무는 전율하는 것이고
푸르던 날의 온갖 소리들은
빈 가지에 말라붙어 쉰 목소리를 내는 것이다

서로를 버리는 일은
다시 만나는 일보다 얼마나 힘겹던가

구름에 가려진 볕 아래서도
떠나는 것들은 늘상 명료하나

남은 가슴엔 어둠이 쌓이고

만휘군상은 식어 버린다

가을에 나무가 상한에 걸려 발열하고

오한하는 까닭이 바로

여기에 있음이라

* 물질을 구성하는 다섯 요소로, 색온色蘊, 애온愛蘊, 상온想蘊, 행온行蘊, 식온識蘊을 이른다.

정서진에서

생성이 있으니 소멸이 있구나
생성의 이전과 소멸의 이후는 어둠
생명을 가진 나는 이 어둠을
영원이라 부르겠다

무한은 우리의 영역이 아니니
영원은 다만 한계 밖을 동경하는 것
상상이 욕망하는 그것은
어쩌다 선善다운 선이 될 수도 있는 것

어둠은 생성을 낳았으며
소멸이 만든 것도 어둠이기에
어둠은 두렵거나 차라리 두렵지 않은 것이 되었다

우리가 꿈꾸는 영원은
소멸 후의 어둠 속에 있다
밝힐 수 없는 인간적 어둠
염원만 있는 영원이 된 우리의 꿈은

생명의 코어에
세상에 없는 불멸을 입혀 놓는다

상시적 질문

누군가 나에게 물었다
어떻게 살아가는 것이 현명한가 하고
나는 인적이 드문 계곡을 찾아가
흐르는 맑고 차가운 물에 발을 담갔다

누군가 나에게 물었다
삶을 견디며 사는 이유에 대하여
나는 내 지식의 광맥을 헤쳐 보다가
정서진 전망대에 올라 수평선까지 붉게 달구고 있는
노을을 한참 동안 바라보았다

누군가 나에게 물었다
마음의 정체라는 것이 무엇이냐고
나는 자못 곤궁해져서 그에게 되물었다
마음이 지닌 가장 강력한 무기에 대하여
그 쓰임새에 대하여

선문답을 나누는 것은 아니었지만

그러나 보라, 알아야 할 것은

기다리며 인내하는 법

우리는 아무리 해도 서로를 충족시키지 못했다

일들은 어떻게든 되어 가고 있다

우리 모두 사소한 안료의 하나일 뿐

시간이 버무리는 대로 섞여 탄생하는 색깔

더구나 그것이 상징하는 낯선 형상을 소화할 겨를마

저 없이

잊는 법

어느 울음 끝에서
눈물 아닌 눈물을 닦을 때
손등에 묻는 색깔을 나이는 그저 참아 내는 것이다

한끝에 접어 둘 상처
저를 벤 칼날에 배어 있던 혈흔을 키워
한소끔 끓어올랐던 슬픔이야
이미 네가 아닌 것

마음이 무엇인가
흙먼지 너머 흐려진 신작로
어른거리기만 하는 굽은 길을 지향하는 초조한 추력
한 순간순간도 와해되지 못해 꿈마다 얽히는 출구들
강을 거스르는 저항의 도구
자신을 향해 겨누는 온갖 투명한 병기들

마음을 쪼개어 보라
돌아앉아 마음을 깨뜨리면

마음을 잊을 수 있다

마음을 잊으면 마음이 산다

바라보는 동안

눈에 보이는 것들을 가져온다
가져오는 동안에만 내 것이 되는
그것들을 나는 가질 수가 없다

그들의 시간과 공간은 내게 오지 않는다
극히 일부분
바라보는 동안에 보이는 것들이 내 것이 되고
그것들을 나는 가질 수가 없다, 그것들을 가질 수 없는
행복의 길이에 대하여
욕망의 부피와 느린 빛과 고정된 배경들이 나에게 오는
면적에 대하여 생각한다

보이는 것들을 바라보다가
가져오는 동안 내 것이었던 가치들을
다시 하나씩 지워 가면서
아직 가져오지 못한 미지의 질량에 대하여
골똘히 생각해 본다

평온은 어떻게 오는가

더께가 앉아 무뎌진 시간과
지문이 닳아 버린 손끝의 기술
몽돌처럼 반질거리던 슬기와 휴지 조각이 된 사유마저
모두 어디론가 사라져 버렸다

생명이 연기하던 표정과 업적에 대한 평가 대신에
그가 차지했던 공간에는
연둣빛 어린 도깨비가 들어앉아
새 칼집에 꽂을 무딘 칼을 갈고 있었다

마음 약한 사람 몇이
인내심을 발휘해 기억을 뒤적여 보았으나
금세 시들해져
거품이 된 그에게서 등을 돌리고는 길게 하품을 해 댔다

어마어마한 손실도
사소한 이득 따위도 아닌
어떤 사건 하나가 박수 소리도 없이 막을 내렸다

엽서

그렇게 버스는 떠났다
하얀 엽서 한 장이 발치에 떨어졌다

그것을 삼등분하여 잘랐다
정류소 주위를 날고 있는 흰 비둘기에게
한 조각을 남겨 주었다

기다려도 돌아갈 버스는 오지 않았다
택시를 타고 갯마을로 갔다
택시비로 엽서 한 조각을 건넸다

작은 모래밭에 쭈그리고 앉아
혼자 남은 것들에 대해 생각했다

그와 함께 들르곤 했던
그곳에 모래집을 지어 놓고
돌아왔다

엽서 한 조각은 모자 속에 간직하고 있다
그와 나에게 가장 잘 어울리는 문장을 찾기 위해
여전히 고민 중이다

만년필촉에 녹이 스는데
아직도 외출할 때마다 그 모자를 쓴다

소리로 적시다

구천동 계곡을 뒤져 피라미를 낚을 때
바늘 끝을 무는 것은 온통 물뿐이었다

물비린내 묻은 꿈으로 허공을 잡아가며
이끼 낀 발바닥 위에서 숨을 고르면
시선에서 시선으로 오가던 숲의 전류
나뭇잎 그물을 비집고 스며든 빛의 넝쿨들은
물소리에 얹혀 찰랑거리다가
불현듯이 칼끝으로 번득이는 미숙한 시간들을 몰아
가슴 깊숙이 포복해 왔고

하나 남은 계단을 견디지 못하고 쓰러져 누운
욕망의 옥탑을 헤집으며 주워들었던
새파란 신음은 차갑고 투명한 여한이 되어
물 밑으로 휘돌아 회귀하려 하였다

색깔 속으로 불러들이고 싶은 소리의 공간들은
채울 수 없을 만큼 크고 넓었다

돌아가야 하는 길이 보이지 않는 길이라면
그저 망연히 떠나보낼 수밖에 도리가 없어
다시 다가간 계곡
물소리에 섞여 물이 돌아오는 길
상상만으로는 힘이 닿지 않아 이마에 손을 짚어
머나먼 곳을 바라다보며

오는 것들의 자리가 제자리이기를 바라는
여태 공중에 떠 있는 내 하얀 영혼은
무엇으로 순환하여 저 같은 물소리로 고이려나
거두려던 시선을 촘촘히 펴 들고
흐르는 물을 움켜 몸의 구석구석을 적셔 본다

돌

바다는 바다를 품을 때가
가장 고요하지요

고요하다는 것은
무거운 자세로 가벼워지는 것이에요

숲이 숲을 품으면 하늘의 바다
바다가 되는 나무의 무게이지요
숲은 초록을 바꾸지 않아
고요한 하늘이 됩니다

인간의 바다에
나무와 초록이 작은 돌의 자세로 가라앉을 때
무게도 색깔도 소실되는 것은
돌을 품어 가벼워진 까닭일 거예요

대지를 닮은 돌은 정직합니다
돌의 의미는
언제나 다시 고요한 돌이 됩니다

공평한 것은 없다

양지쪽의 개나리가
먼저 피었다

겨우내 기다림을 견디던 꽃봉오리는 안다
모두에게 공평한 희망이고 싶은 게
어디 봄볕뿐이랴

곧 여름이 온다
어딘가의 음지에도
부여된 순종의 차례는
원망에 앞서 떡잎으로 정리될 것이다

불평은 언제나
기다리지 못하는 자를 기린다

꽃대궁에서 떨어지는 눈물

바람의 수로마다
빗장 열린 그물들이 반짝이고
술의 잠에 젖어 목대 붉어진
어부가
노을 속으로 잠수할 때
무엇이 남았는가 이제
한 타래의 무언 외에

새 한 마리
공호으로 뜨고
삭발한 물고기도 날아오르면
주름주름 타오르는
염주의 바다
섬을 딛고
하늘의 꽃을
꺾어 드는 불혹不惑 있으매

꽃대궁에서

떨어지는 눈물, 그 선연善緣이라니

아아 부끄럽구나

승복 위에 지는 얼룩

달음질치는 별

지금 이 순간에도
서로 무언가 수작을 하고 있다
그것은 수문을 여닫는 일이고
흥정하는 모함이며 부수는 노동이고 지우는 그림이다

그들은 흑백사진처럼 마주 보고 쭈그려 앉아 있다가
천장을 쏘아보다가 석벽을 두드리다가
손깍지를 낀 채로 색종이를 접고 발바닥에 풀칠을 하고
간간이 '우리 함께'라고 서로에게 수신호를 보낸다
칼이 제 몸의 요철을 깎아 낼 때 그들은 가장 뚜렷하다
입술을 벌리거나 다문 채로 행운의 부적을 상상하며
상대의 문 앞에 걸쇠처럼 걸쳐 서기도 한다

틀림없다
거기 무슨 복된 철학이 있겠는가
무엇보다
혼자 아니면 다발적으로
커다란 구멍으로 여과되듯이 무슨 짓이든

이 모습들
저마다 서로를 흉내 내며 사는 그들에게
언제부터 특별함이 있기나 했던가

태양에 속박되어 부침하는
달빛에 병들고
내면이 겨우 한 도규일 뿐인 환영
그들은 왜 여태도 달음질치는 별이 될 수 없는가
라는 질문처럼

하산 즈음

오르기 위해
손가락 마디에서 무늬들을 지웠지
손을 버리고 할 수 있는 일
이로부터 내리막이니
떨어지듯 디뎌 갈 발의 일만 남았다

각색의 풍선이 임시 무게를 덜어 주리라
생각들이 따라오겠지
함께 어울릴 수 없는 후회처럼 머리 위로 떠서
풍선과 놀이하듯 앞서거니 뒤서거니 하겠지
바람 속에 어떤 자세로 서야 할지 분별없는 분별이
그림자처럼 어지럽게 매달릴 거야

길이 달라진 하산은 언제나 너무 이른 법이고
쉴 틈도 없게 물매는 더욱 가파르고 짧아질 것이다
돌이켜 보면 산을 오를 때의 시작은
얼마나 무지하며 밝은 것이었던가

큰 숨으로 보폭의 길이를 가량하여
궁금한 저 아래 낯선 미지에 눈길을 주면서도
무겁고 지혜로우나 두려운 첫 발을 든 채
나귀처럼 주저하며 서 있는 것은
그곳에 상상할 수 있는 약속이 없기 때문이다

팽이

한갓 말팽이 하나가 꼿꼿이 서는 것을 보며
어깨가 좁은 한 남자의 눈물이 생각났어요

균형을 이루는 것이 아름다웠지요
모티브의 절정에서 호흡은 고요했고요

그가 비틀거리는 동안에는
영혼도 육신도 어둠의 무지개였을 거예요

마침내 수직으로 선 저 척추의 염력을 보세요
보고만 있어도 나의 광각은 깊고 넓게 수정이 되네요
고개가 절로 숙는 것은
나도 기대하는 것이 있기 때문이에요

오늘은 온점처럼 맺힌 안도의 눈물을 흘리며
고요해지고 싶었거든요

대답

물길이 제 방향으로만 흘러
시선을 끌고 가는 듯해도
흐름을 한 움큼 쥐었다 놓으면
되돌아오는 답이 있었다

무언가가 오리라 하며
기다릴 때가 아니라도
영접하는 마음은
길을 닦아
오고 감의 통로가 되는 법

자신을 관통해서 연장되는 길
대화는 그때부터
스스로를 여는 마음의 빗장이 되고
미지로의 흐름을 터 준다

진실한 대답은
자유와 틀이 공존하는 영적 안내자의 강물이다

안식

제주 서귀포에 닿았다
몸의 안과 밖이 슬쩍 자리를 바꾸었다

백록담으로 오르는 길
시종 씻겨 나가는 것들에게 손을 흔들어 주었다
간절한 문자 몇 줄을 곳곳에 남겨 두었다

정방폭포 아래까지 바람과 어깨를 걸고
다북쑥처럼 걸어갔다
젖은 곰피 더미 위에 가부좌를 틀고 앉아
손가락으로 정성껏 머리를 빗어 묶었다

물보라 속에 붙어 있는 물새 몇 마리를
눈이 시리도록 바라보았다
새들은 하얗게 천둥소리를 남기고 사라졌다

하늘은 청옥빛 너울이었다

온갖 소리와 동작들이
태어난 곳으로 돌아가고 있었다
단전을 헤집고
몸속으로 누군가 썩 들어와 앉았다

다도해에서

섬이 다니고 있다
물 위에 둥둥 떠서
소금쟁이처럼 긴 다리로 과거를 만들며

섬은 생명의 물에 닿아 있으나
간이 밴 물속을 헤지 않는다
섬의 내심에는 천년의 온기가 있다

물은 섬의 뼛속에 상륙하기 위해
그의 체온보다 더 낮은 숙명에
조수 같은 율동을 색칠하곤 한다
그의 본심은 자나깨나 파도친다

섬이 섬을 선호하는 건 서로 닮았기 때문이다
무리는 닮은 것들의 이율배반이다
섬의 영혼은 집산하고 지혜는 가변적이다

섬은 서로의 사이에 공간이 있어

섬이 된다
섬은 구속되어 섬을 완성한다
섞을 수 없는 법칙에 따라
섬은 언제나 혼자이고 혼자서 소멸한다
그래서 섬은 섬의 곁에서
끝내 섬으로 사는 것이다

지상의 바다에서는 사람이 섬이다
그들은 쉽게 통섭의 착각에 빠진다

그림자 표정

그림자 끄트머리에 매달려 있던 얼굴
그 눈 뜬 얼굴을 기억하는 게 싫었다

아침에 배추 한 포기와 대파 한 단을 샀다
상인은 떠나고, 무슨 영문으로
그가 끌고 가던 그림자의 낯선 얼굴이
우두커니 남았다

늦은 오후, 그녀가 돌아서 갈 때
그녀의 그림자에서도 얼굴이 보였다

얼굴에서는 상인의 표정이 읽혔다
입술을 씰룩이며 머뭇대던 얼굴을 끌고
그녀는 한 발자국씩 멀어져 갔다
두 눈에는 검은자위가 없었다
뒷자리로 돌무늬 같은 먼지가 일며 부옇게 따라 나갔다

찬장에서 배추와 대파를 꺼내어 쓰레기통에 버렸다

매 순간이 시장했던 나에게
그녀가 무슨 색깔의 옷을 입혔었는지 여태 알 수가
없다

어째서 어떤 그림자는 얼굴을 남기고 어떤 그림자는
흔적을 지울까

어른대는 상인의 작은 눈을 쳐다보며 물으려다 그만
두었다
얼굴에 서린 붉은빛이 신호 같았다

저녁엔 느지막이 흰밥을 지어
건더기 없는 국에 말아 먹었다

오체五體의 노래

짚단보다 가득했던 더벅머리와
오색五色의 나날들
때로 은총에 발이 걸려
무수히 쓰러지던 어깨 너머
불안정하게 뒤룩거리던 눈망울들
날아가거라 작은 새
분해와 타박의 손가락에 끼어
파닥이는 깃털을 남기고
다리 팔 시간을 싣고
깊어지거라 잡초여
추수 또는 생식이
흰 머리카락에 묻어
별이 되어 떠오른다
그릇은 양을 지우고 모든 이의 곁에
그림자를 늘이는
낡은 거룻배 쓸쓸하구나
감각으로 더듬어 사는 소일의 계단 위에
덩그렇게 커다란 귀 하나

살아 숨 쉬고

뜻 모를 외침 그 외곽을 맴돌다가

포도 위로 떨어져 내린다

죽은 얼굴이 되어

생소하게 다듬어진다

아무렇지도 않게

꽁지깃이 노란 멧새 한 마리가
누웠다
고즈넉한 황톳길 위, 눈을 뜬 채로

분방한 저 모습은
영원한 침묵의 자세

몰려든 개미 떼가 만장처럼
일렁이고 있다

세상에는 얼마나 머물다 간 걸까
나는 이 이름 모를 낯선 생명이
작은 뇌 속에 담고 살았을 기억들을 상상해 본다

주검에 방점을 찍은
이제 더는 저의 눈이 아닌 눈을 바라보다가
금세 돌아서는 나를
새는 아무렇지도 않게 보내 준다

나 또한

개미들로 뒤덮인 까만 눈을 뒤로하고

발길을 돌린다

일기초 日記抄

항시 가까운 곳에 있음에도
죽음이라는 낯선 손짓을
우리는 못 보고 살아가는데
이 공원묘지에서 낫을 쥔 손아귀엔
공연히 헛심만 컸다

잡초를 베어 나갔다
날씨는 쾌청
구운 은행알같이 하늘은 파아랬고
사위는 무겁도록 고요했다

발길에 풀무치가 날았다
봉분들은 들여다볼수록
줄어들고 있었다

봄은 멀었는데
비석엔 살구꽃이 피어 있었다
세상의 모든 산 것들이

만질 수 없는 향기로운 살구꽃

꽃그늘 아래로

구천九天을 향한 오솔길이 아스라이 보였다

싱그러운 바람이 불고

풀잎이 흔들리고

이따금

꼬리를 문 잠자리가 날아갔다

무소의 뿔

하얀 태양
질주의 인고가 야무지게 벼려 놓은
이 도전적인 뿔에는
아프리카의 흙이 묻어 있었습니다

맹위와 허벅지의
상징은 주소 잃은 순수한 중량에
눌려 허우적대고 있었습니다
이 밤중에도 경련처럼
퍼덕이고 있었습니다

열대의 꼬뿔새는
누굴 따라다니고 있을지

고독한 문명의 진열장에 놓인
적도의 고자세가

누군가의 폐부 깊이 감추어져

구석구석 이역의

열병을 도려내고 있었습니다

3

오랜만의 안부

그는 나를 등에 업어 날랐습니다
나는 그 목덜미 땀 냄새에 익숙해졌고요

그는 자주 오래 걸었으며 나는 자주 또 오래
걸음에 실려 다녔습니다

불필요했음에도
우리는 모두 네 개의 눈을 뜨고 있었습니다

그는 아웃솔을 보강한 안전화를 늘 바꿔 신었지요
나는 오색 명주실로 끈을 꼬아
서로를 단단히 조여 묶곤 하였습니다

그렇게 닿은 곳이 가을 무밭이었습니다

걸음은 참 많은 무덤을 지나왔고
참 많은 의식이 균형을 지지하였습니다

이제 그는 제자리에 서서 가만히 눈을 감고 있습니다
나는 눈을 뜬 채 땅 위에 파랗게 물구나무서 있습니다

다 잘되었는지요

이대로가 좋다

글쎄, 나도 벌써 그런 생각이었지
일단은 내 것이라고 확신할 수 있는 유일한 공간인
육신의 용적이나 지키며 조붓이 살고 싶었어
물론 언젠가 이마저도 내 차지가 아니겠지만

그래서 말인데 전능한 신이 있다면
그의 환심을 사면 안 될 거라는 생각이 들어
나를 새롭게 변화시켜
더 나은 그 무엇으로 만들지 못하도록
왜냐하면 나는 그냥
이 모양 이대로가 좋거든

자신뿐만이 아니라 눈앞에 보이는 경물들을 나는 사랑해
나를 자극하는 어떠한 촉감도, 폐포마다 들어차는
무강한 공기도
설익은 가치관도
그리고 무엇보다 내 주변에서
나를 무시할 줄 아는 서로 닮은 생명들

그들 곁에서 지금처럼 머물고 싶어

나는 두려워하는 거지
나아가 나의 것이라고 확신하는 순간
이미 나의 것이 아니었던 수많은 삶이 있었으니까
새로운 길에 한 발을 내디딜 때마다
우수수 무너져 내리던 친숙했던 시간과 공백들을 기
억하며
비록 그것이 한갓 낡고 소소한 감정이라 해도
더는 나의 소유라고 선언할 수 없다는 건
슬픈 일이 아닐 수 없었지

그냥저냥 되는대로가 아니라
한결같기를 원하는 것이
모든 소중한 것들에 대한 예의이기도 하니
무모한 욕심이라고 치부하지나 않기를 바라

이대로의 지금이 좋아

일출과 일몰이 변하지 않고 일상이란 의무가 있고
사랑할 사람과 사랑해 주는 이가 있는
게다가 이제는 웬만해서 동요하지 않을
주름투성이의 고집들이 버티고 있는 나의 쇠락한 정원도

누이 생각

초승달 신을 삼아 어스름을 걷는다
갈대숲에
보랏빛 강바람
우수수 한숨 지며 먼 산 돌아눕고
눈에 물안개 서려
네 모습 젖는구나
너를 찾아가는 길 보이지 않는 길
뜬 걸음만 총총

내 마음의 샛강
마른 이삭마다 맺혀 있는 이슬 같은 시간이
너의 목소리로 가사 없는 노래를 부른다

윤기 나던 단발머리
위스키 향이 풍기던 하얀 미소
하늘과 땅 사이에서, 누이야
너의 처음과 끝은 단 한 뼘이었다

나

곳곳에 성형한 흔적이 보인다
명확하다
그것은 네가 선택한
새로운 삶의 방식

너는 입을 다물고 있으나
나는 소리 없는 너의 변명을 듣는다

변명이란 부족함
부족은 만족을 위해 마련되어 있는 구실이다

지네의 다리는 스무 쌍이 넘고
두 개의 코뿔소 뿔은 서로 크기가 다르지만
그것이 그들이게 하는 징표

나는 너를 보면
자꾸 낯설어져 가슴이 죄므로
너의 낡은 존재를 지금의 너에게 덧씌우고 싶어진다

나의 신뢰는 일종의 사랑이다
평생을 해로한 부부의
관습과도 같은

그것에 봉인되기를 꺼리는 너는 얼마 동안
민감한 어둠이 되어 적개심 속으로 숨어 버린다

낙섬을 그리다

달빛이 내려앉아 하얗게 떠오르는 염전과
검은 소금 창고의 행렬, 수차水車의 실루엣
해풍에 젖은 염부의 헐렁한 잠방이에 묻어 있던 시간들
나는 그 가운데에서 나의 일부를 꺼내 보일 수 있다
갯벌에 찍힌 장화 자국과 돌게와 민달팽이가 기어간
흔적 곁에
쭈그리고 앉아 생계를 캐내던 사람들의 몸짓에서도

서편 하늘에 맞붙은 수평선으로부터 불길이 달려오면
갈탄처럼 달아올라 꽃잎으로 피어나던 저녁의 한때
널름거리는 애련의 갈증을 애써 진정시키며 젊음을
몸부림치던 곳

짭짤한 간수를 손가락 끝에 찍어
이른 시각에 멋쩍게 떠오른 달을 가로로 그어 어스
름 위에 고정시키고
바람이 선뜻 불어
멀리 바위섬에서 박쥐들이 날아오를 때

얕은 갯바닥 듬성듬성한 돌무더기 사이로 얼룩지며
흔들리던 바닷물도
　나는 지금 이 도시 안에서 분간할 수 있다

　날이 무디어진 호미를 들고
　잊혀 가던 잔재를 찾아 헤매어 본들 하릴없는
　별빛이 밝지 않아 누구라도
　더 이상 더께 앉은 죄를 닦아 내지 못하고
　죽은 조개의 껍데기 더미에 묻혀 살고 있는
　내 고향 인천

　진작에 잃어버린 것들, 얻은 것들을 데리고
　울먹이다 삼켜 버렸던 마음이
　이 저녁 기억의 민둥산에서 홀연히 솟아올라
　헝클어진 도시의 멱을 끌어 한곳에 세워 놓고 있다

생일 아침에

늙은 두루미처럼 살다가
어쩌다가
어머니와 같은 나이가 되는 날
아버지보다
하루라도 더 오래 사는 그런 날이 오면
그 덤 같은 날들 무슨 낯으로 연명해 가야 하나
물밑을 휘젓는
이 긴 부리는 얼마나 송구스러울까

생일 아침
나는 물가에 내리지도 못하고
날개를 그만 접고 만다

주름살

바람이 가는 길이었네

긴 날의 꿈들은
고드름 끝을 사르는
겨울빛

해 떨어지듯

지평에 해 떨어지듯
그림자는 임자를 잃고

까칫한 바람
어디서든
소리도 없이 맞부딪곤 하였네

혼자 사는 일

욕망의 갈피, 창이 없는 나의 삼각형
깊숙이 검은 물처럼 가두어 두었던 비밀들
날것들이 숨죽이던 갱도에
구멍이 뚫려 맑은 빛이 드니 반갑다

달고 다니는 한두 개의 그림자는
색깔 따라 성좌와 같은 보장이 되고
이목구비 없이 미끈한 심장의 단순함이
바탕에 버티고 서는 든든함도 좋다

하늘땅 포기 지어 있는 미답의 원시가 다가와
손 아래 부복하고
눈짓만으로 언제라도 수확할 수 있는 여유가
깨끗이 사는 방법이 되는 온유

연륜의 철골을 세워 녹을 닦으며
바람처럼 들러서 가는 새로운 이치들과 눈인사를 나누면
일출과 일몰의 정성으로 또 하루가 반갑게 달려온다

서먹한 사물과 맺어 가는 무심의 자유와 더불어
홀로라는 것에 대한 보상은
기꺼이 사방 천지에 산소처럼 편재遍在되는
헐거움의 무진장이다

혼자 산다는 것은
주변의 가까운 곳에서부터
오래된 자신의 지문을 묻혀 나가며
하나씩 처음을 만드는 일
그곳에는 좀처럼 드러나지 않는
엄연한 얼룩들도 살아 있다

크레파스로 그린 사랑
—보연에게

너의 투명한 볼 위에 진줏빛
보조개가 피는 때에는

열두 가지 빛깔
먼바다로부터
해풍이 날아온다

은모래 위에서
넌 내 가슴속에 한 줌씩
맑은 물이 고이는 샘을 파내며
아장아장 걸어 다니고

아가야 새벽이 열리는 하늘에
네 손끝마다 묻어나는
크레파스 크레파스
아빠는 너의 곤한
눈까풀로
졸음처럼 밀려오는 사랑을
사랑을 보는구나

발자국
—승조에게

흰 눈 쌓인 산길을
혼자 걷다가

뽀드득
뽀드득
혼자 걷다가

누군가 부르는 것만 같아 돌아다보면

다소곳이 웃고 있는
하얀 발자국

동갑

종일 내게 온 것들이 모두
어디로 가 버린 것일까

갈수록 잃은 것
얻은 것 사이의 간극에 분간이 없구나

하루하루 길 위에서
시간을 흘리고
주우며
마음은 점점 가난해지고
공간은 아득해져 사유도 희박하다

어느 곳에 있건
마른 흙냄새를 풍기며 허리 굽은 바람이 다가와
눕지 말라고 소곤댄다
하필이면
하고 나는 혼잣말로 불평을 하곤 한다

언제부터인가

깡마른 그가 비치적대며 돌아가는 모습을 볼 때마다

동갑인 나는 그에게 묻어

사라진 별자리처럼 모호해진다

4. 21.

비를 맞는다는 것이
무엇인가가 마음 편히 젖게 두는 일이면 좋겠다
아무렇지도 않게 드러난 부분 또는
드러내고 싶은 전체 같은 것들

젖는 것에
덜 익은 의식은 긴장한다
비는 한갓 물방울이지만
눈물과는 달리
스민다, 스미는 것은
무게이다

한목 무너져 내리는 저 끝
가뭄 든 정원에 사태가 이는 날들은
오랫동안 달력에
두 개의 숫자만 남겨 두었다

그냥 젖어도 좋을 것들을 더 생각해 둔다

모자라는 숫자들을 채우고
그만 들추지 않는다
비가 내릴수록
치밀해지는 보늬가
심연의 무게를 덜어 주리라

아버지의 거울

두 아이를 무동 태우고 살면서
발에 밟히는 세상이
만만찮은 풍랑임을 알았다

내 아이처럼
아버지의 어깨 위에서
나도 별을 만지며 놀았었다

아버지는 언제나 수평이었고
수평의 맑은 거울이었다

그 시절 발아래에선
천지개벽 같은 태풍도 불었음 직하건마는
거울 밑에 감추어 둔
아버지의 한쪽 세상을
까막눈이 나는 오래도록 몰랐었다

어깨의 물매가

뜬금없이 기우는 날이면
나는 내 아이보다 아버지를
아버지의 거울을 그래서
쓸쓸히 그리워하는 것이다

간절하다

종일 말을 하고 살다 보면

말이 골짜기를 넘고 구릉을 지나
황량한 늪을 건너가는 모습을 본다
균형추 떨어진 듯 비틀거리며 가다가
고꾸라지는 말들

어쩌다 마냥 듣고만 있으면
산곡이 미어지며 탁한 물이 고이는데
말은 그 속에서 허우적대며 까불다가
어지간히 썩은 채로 기어 나온다

무색 선지宣紙를 골라 차라리
입과 귀를 덮어 놓으며

어디 산수화 같은
소리 없어 정淨한
그런 깨지 않을 꿈같은 마을이 있어

말없이 말 없는 말 알아주는 귀한 이 만날까

행여 온 눈으로 둘러보는 간절

낙섬
—Nullius in Verba

현재와 과거와 미래는 몸속에 하나

옛 시절의 섬과 오늘 기억해 낸 섬과
어쩌면 일 년 후 다시 상기해 낼 섬이
여기 하나가 되어 있다

서해의 밀물은 여전히
작은 해안에 수줍게 닿고
썰물은 앙금 같은 추억을 남기고 밀려 나간다

믿어야 하고, 믿어서도 안 될 것이 말이라면
그것은 기억 속 시간처럼 남아 있기도
사라지기도 하는 까닭에서인가

영원히 사라진 섬, 낙섬
가난한 사람들의 말소리가 두런두런
따개비 되어 붙어 있던 작은 바위섬
한때, 지금, 언젠가라는 말을 모두 갖춘
나의 친애하는 믿을 수 없는 섬

오래된 사진

사진 속의 젊은 어머니는
늘 웃고 계신다

다가가 마주하면 기억 속에 되살아나는
그날 그때

어머니의 웃음소리에 귀를 기울이다가
아이가 되어
엄마를 불러 본다

어머니는
혼자만 들을 수 있는 작은 목소리로
오냐, 그래
대답해 주신다

어머니보다
나이가 더 든 나는
왠지 자꾸 눈물이 난다

자화상

뭐 그런 생각을 다 하냐고요
글쎄 말이지요만

가령 당신이 남편이나 아내라면
얼굴을 마주 바라보며
서로 주고받은 의의意義 있는 눈빛이
평생 몇 번 있었는가 따져 본 적이 있느냐는 거죠
셈이 빠른 나도
도무지 기억할 수 없으니까요

그 많은 회색빛 고층 아파트와
아스팔트길과 자동차와 사람의 불확실한 형체들
스마트폰에 박히고 PC에 치여 얻은 피로를 탓하며
당신도 귀가하자마자 눈꺼풀을 아예 닫고 마는지 알
고 싶은 거죠

꿈을 닮았던 관심은 또 어떻든가요
그게 무슨 의미냐고는 묻지 마시길
당신이 처음 그이를 만났을 때

집중과 원망願望을 실어 보내던
그 간절하고 풋풋한 시선은 어디로 잠적했는지

홍채는 게을러져 안구에 싫증을 내고
망막에는 피곤한 잔상들이 부산스레 영사되는
이 눈동자 없는 얼굴의 가치는
시방 얼마나 될까 해서 하는 말입니다

다시 솔로

오리나무 잎새 하나가 늙은 나비처럼 내립니다
솔방울만 한 바람이
게슴츠레한 마음을 툭 건드리고 지나갑니다

밝은 곳으로 떠나가던 사람의
어둑어둑한 뒷모습도
이제 많이 낡았습니다

아득할수록
한고비 넘어 얼룩지던 발걸음이
곳곳에 드문하고
시선은 기어이 허공 가득 모호합니다

헌 생각의 곁가지들
속 깊이 초록을 틔우면서도
뿌리보다 더 묵묵히 움츠러듭니다

오목눈이 두리번거리며 먼발치에서 종종댈 때

하얀 구름 한 송이씩 차례로 날아와

주름진 이마 위에 피었다 집니다

꿈의 잠

잠결에 옆자리를 더듬는다
비어 있다
무심코 흩공단 이불깃만 손끝에 서늘하다

그새 또 잊었다
꿈이 가는 길을 헛되이 좇았다
잠은 삶인가
잠 속에서는 해가 뜨지 않고
그래서 꿈은 가슴속에 여밀 수가 없다

돌아누워 다시 잠을 청한다
이불에 말아 품속으로 끌어안는다
홀로 따뜻하게 새처럼 내려앉는 꿈
반갑다 무게를 지우지 않는 달콤한 거짓 그대로

아침에 눈을 뜨면
어둠의 반대편에 서게 된다
온종일을 돌아 잠에게로 갈 때

나는 꿈속에서 어둠이 걷히지 않는

반평생의 헛됨을 다행으로 안다

사랑은 그런 것

누군가 물었다
어떻게 그만을 사랑하느냐고

내가 되물었다
어떻게 그가 아닌 사람을 사랑하겠느냐고

나는 말해 주었다

그와 사랑에 빠지는 순간
세상의 뭇 사랑은 다 잃었으나
내 사랑의 온 천지를 얻었노라고

거울

바다에도 주름이 있음을 거울을 보다가 알았다 미시령을 감아 도는 하얀 길과 일렁이는 봉우리 진 산들의 맥도 주름인 것과, 새들과 길짐승과 꽃들도 주름이 잡히며, 주름진 눈으로 보면 울고 웃는 주름들이 바람으로, 가슴으로, 모든 살아 있는 것들에게로 통하는 문이라는 사실도 알았다 눈물의 색깔과 깔깔대는 몸짓이 되접히고 골이 지고 길어질수록 문들은 온화해져서 있는 힘껏 열 수 있을 것이었다 그 문을 넘어서면 거기 수확된 시간들이 처처에 낟가리로 탈곡을 기다리며 비로소 세상의 빈곤을 보상할 것이었다 그러나 거울이여 너의 주름을 찾다가 이제는 비탄도 환희도 마름질해야 하는 내 주름의 행방을 묻고자 한다 안으로부터 나의 소박한 사랑의 환대를 받아 주름의 끝에 명징한 불꽃으로 불멸할 그런 문을 나는 도사려 온 생애의 주름을 모아 겨누고 있나니, 나아가는 재주도 강물에 떨어진 저녁나절처럼 뜬금없이 흔들리고, 제자리라고 해도 나 아닌 남의 뾰족한 영역이므로 나는 먼 길을 다시 돌아와 선 채로 그토록 간절히 묻는 것이다

좋은 시절

친구가 식당 화장실에 들러
피하에 인슐린을 주사하고 나왔다
그동안 나는 식탁에 앉아
돋보기를 꺼내 쓰고 식단을 훑어보았다

추어탕을 시켜 먹고
만두 한 접시를 더 주문하고 나서
격조했던 그간의 일들에 대해 수다를 떨었다
일찍이 유명을 달리한 몇몇 친구의 사정
이혼을 결심한 칠순의 부부 얘기도 화제에 올랐다

밖으로 나서니 선뜩
맨머리를 스치며 한 줄기 미풍이 지나갔다
불어난 한강은 재깍거리며 흘러갔고
둔치를 산책하다 올려다본 하늘도
하얗게 태엽을 풀어 놓고 있었다

나는 늙은 친구의 옆얼굴에서 내 나이를 읽었다

우리에게도
치열했으나 좋은 시절이 있었다
지금 이 시각은
갈수록 더 젊어질 것이다

지나고 나면 우연만 하니 나쁜 것도
다 나쁜 것이 아니라면
마음을 정하는 일이
진작에 우리의 몫은 아니었던 것을

빈자리

이 빠진 자리 하나
오래 비어 있었다

가다가 문득 혀끝을 대어 보면
언제나처럼 허방이었다

마음속 어떤 이는 달랐다

늘 비어 있는 자리인데도
왠지 비워지지 않았다

그 길

구두 한 켤레를
대문 밖에 내어놓았다

닳고 긁히고 찌든 시간들과 함께
신을수록 발보다 더 익숙한 발이 되어 가던
낡은 소가죽 구두

구두처럼 해진 내가
서로 닮아 가던 구두를 버렸다

구두는 이제 걷지 않아도 되는 길로 들어섰다

해지면
헤어져 가야 하는
겸손한 그 길

떠다니는 말

말을 하는 이유는 말을 얻기 위함이고
말이 되돌아오지 않는 것은 바로 그 말 때문이겠지

거기서 막혔다

나는 등받이가 없는
의자에 앉아 목젖 안쪽이 보일 만큼 입을 벌린다
치아가 기다랗게 깎이고 늘어난다

말은 마음의 비늘이지만
돌아올 땐 먼지가 되는 일도 흔하지요

마스크에서 풀풀 새어 나오는 발음이 매캐하다

메아리를 보강하기 위해서
연구개를 세척하고 성대를 재부팅할 겁니다

헛기침을 해 본다, 뭉툭하게 시선이 느껴진다

치아가 자음들을 선명하게 거를 준비를 마친다

언어 같은 골짜기를 스케일링할 때는 마취를 하지
않는 게 좋아요

그가 들려주는 말 속에는
그를 소화시키는 말이거나
되돌아오지 않는 나의 말이 떠다닌다

치매

지워지지 않는 낯선 냄새의 기억처럼

제 몫을 지키며 우리는

서로의 밖으로 살아갈 뿐

그래서 치매란

잠시 잡았던 손을 놓아 버리고 걸음마 가듯

제 보폭을 걷는 일

제 깃발을 소중히 하는 일

아무리 해도 그건

애련이 아닌 것

저 많은 길의 어디까지가 종착인지 누군들 알랴마는

우리는 제 모양대로 가고 있는 것이라

요행히 망각의 가두리를 허물고 나와

슬쩍 시선들이 섞여 버리면

그때 서로의 어깨를 치며

무엇을 기억해 내라고 할 수 있을까

지금은 녹록지 않은 미망의 패각이

귓등을 노리더라도
미추를 떠나 운 좋은 날을 기약하고
외려 제 길 밖은
곁눈질 척도 하지 말 일일 듯

이력서

생애에 대하여 말해도 좋을 나이는 몇 살
오십, 팔십 아니면

그 길이는 언제부터 따져 봐야 하는가
철이 들고 나서부터
나이 먹은 아이가 되어 손가락질을 받는 그 사이

풀뿌리의 길고 짧음을 헤아리는 기준은
굵고 가는 것을 구분하는 기준과 같을까
굵게 사는 것과 가늘게 살다 죽는 것에
시간을 대입할 수 있을까

이력서의 간추린 경력이
한 사람의 삶을 기만하고 있는 것만은 틀림이 없다

그러니 어림잡아 안다는 것은
끝내는 모른다는 것
지나온 한 생애를 길다고 주장하는 자, 짧다고 투정하는 자

그의 지루함은 채우지 못함에 있고
버리지 못한 욕심이 남아 있기 때문이다

자신에게는 확연히 말할 수 있을 것이다
마지막 만찬의 날이 지나고 난 후
가장 정직한 입으로

진료실

날마다 기다리고 있었던 것은
질병이었다

사람을 기다리고 싶다

어버이날

슬픈 일이 없어도
가끔은 그냥 슬프다

어미 오리가 앞장을 서고
뒤로 일곱 마리의 새끼 오리가 따라간다

어미의 기다란 목이
우쭐하다

오늘은 종일
노오란 생각만 해야겠다

손

경혈을 찌르고 쑥을 비비던 손
욕창을 씻어 내던 손으로
빵을 떼어 먹습니다
아이의 머리를 쓰다듬습니다
환부를 촉진하던 손끝에 골무도 끼웁니다

세상일들은
손을 가리지 않습니다

손은 길들이는 대로 귀천貴賤입니다
손이 곧 마음인 것은
그래서입니다

우리가 사랑을 배우는 것도 그래서입니다

월미바다

떠도는 이름을 붙잡으려고
깊은 잠에서 깨어나면
저녁바다는
불타는 이부자락을
펴 들고 있다

시각은
무엇을 거두고 또한
무엇에 잠기는가

어둠으로 회오리치는
나를 모르는 나와
너를 모르는
우리의 우연이라는 물살에 놓인
갈매기의 주검이
이 저녁 멀리 섬가를 맴돈다

찾아서 듣는가

저 스스로 흘러 물을 따라
따로 가는가
모이는 불빛에
희미하기만 하던 이름, 이름들
너의 몸 안에 내 무엇이 되어 불리고
무엇으로 다시 가득 울리랴

가뭇 잠겨 가는
또 하나 시작의 고동이 들려온다
이제사
버려야 할 많은 것들 사이
월미月尾란 이름의 섬
앞자락을 씻어대는 짠물이여

찾아봐도 뒤돌아봐도
거둘 것 보이지 않는
허전한 이름뿐인 우리들
꿈을 떨치고 맨몸으로

이 저녁을 맹세하며
무엇부터
저 황홀한 바다에
오래도록 잠재워 둘 것인가

개나리

고개 숙이고 있던 꽃들이

얼굴을 반쯤 치켜든다

오전에 비가 그치고

시무룩하던 덤불 속에서

간지럼같이 굼실대며 기어 나오는 기억들이 있었다

해가 나면서부터

마음이 한결 부시다

멀리로 노란 원을 그리다 사라지는 길이 보인다

작은 깨달음이 걸음을 멈추게 한다

한 묶음의 표정 가운데에서

뾰족하지 않은 얼굴 하나를 꺼내 든다

갸우듬한 모퉁이에 가린 네가 반쯤 보인다

방금 네게 건넬 몸짓을 다 골랐으므로

너에게 다가간다 그리움보다는

너의 숨결 속에 들어

눕고 싶어 풀솜처럼 다가간다, 그날보다 더

향기 마른 어깨가 시리고

앙가슴이 적적한 내 앞에

오늘 너는 실로 자약하고
또한 절박하게 피어 있다

나의 전과

누군가가 지나간다
어디선가 본 듯한 얼굴로
기다랗게 끊일 듯 스쳐 간다
문득 떠오른 잡다한 사설같이
두러두런 속삭이듯 흘러간다
누군가가 흔들리며 멈칫거리다가
그림자로 날아간다
어디선가 본 듯한 얼굴로
때로 휘어잡고 밀치며 할퀴듯이
잽싸게 뛰어간다
어디선가 본 듯한 얼굴로
뭉뚝뭉뚝 무너진다
뒤뚱거리고 떨다가
폭삭 주저앉을 듯 빙빙 돌다가
어디선가 본 듯한 얼굴로
발악을 하다 치를 떨다가 활화산으로
폭발하여 폭발하여
나를 뒤집어씌우는
누군가의 어둠

우리의 빈 가지 위에

주술이 떠나간 자리에
빈 가지만 남았다

허무를 격하면
아득한 저승

가지는 비었어도
나는 새 오질 않고

영원히 익지 않을 풋살구는
오늘도
지는 황혼을 보며
허공에 뒹군다

아침신문을 읽다가

신문의 부음란에 눈이 간다
알 만한 이름이라도 있을까

신문지 한구석에
이름 석 자도 올리지 못하고 사라질
생애들을 떠올려 본다

낯선 이름에서 성에서
살아 있는 늙은 얼굴들이 보인다
산 사람은 살아야 하는 것

죽은 이의 이름 뒤에서
차례를 기다리는 이들이 깨어 있는
초록빛 유월의 아침

산 자를 위한 시간이다

4

가는 것은 낮은 자세로

아직 오늘은 아니라고 한다
여름 몰래
관목과 이끼 낀 바위 비스듬히 기우는 쪽으로
가을이 스며들고 있다
시든 열기가 숲속을 배회하고
후회의 띠처럼 서늘하게 스쳐 가는 아쉬운 시간이 바쁘다
말간 빛의 타래가 쇠락하는 잎끝에 머물다가
바닥으로 똑똑 방울져 떨어진다
여기 동작이 느려진 곁가지들의 춤이
가사를 잃은 노래에 얹혀 있던
계절의 마지막 온기를 끊어 내고 있다

가는 것은 항상 오는 것보다 낮은 자세다
젊음이 그러했고 사랑이 그러했다
일어선 것이 엎드린 것들을 지운다

배경을 흐리며 어제의 여름이 슬쩍 다가와 머물다가
해 짧은 오후의 그림자처럼 자취를 감춘다

초록은 그리운 것들 속에 깃들어 한동안은
오히려 짙어질 것이다

그래도 아직
오늘은 아니라고 오늘만큼은 아닐 거라고
여윈 들풀이
뒤를 돌아보고 또 돌아다본다

기억이 선택한 시간들

이 빛바랜 사진 속으로 되돌아가고 싶을 때면
나는 수동적이 된다

묵연한 압축 풀기
입안 가득 이끼 같은 침을 씹으며
한 너비의 해묵은 영역을 맞이한다

도구를 손에 들면
흐릿한 단면들이 날름 틈 속으로 박힌다
공간은 장악되거나 소멸한다

내 작은 유산들을 물끄러미 바라보다가
대범해진 눈으로 뇌의 단추를 누른다
활동사진이 영사된다
한 손으로 수정된 키를 돌린다

어디선가 시작되어 걸쳐 있는
시간 사이의 사다리에

붉은 횃불이 피어오른다
나는 무엇인가를 겨누고 조명하고 의식한다
유한하고 혹은 무한한 집착을
주름진 시간의 현재에서 이해한다

나는 기억 속에서 선택된 시간이다

다리미질

오지랖의 주름을 펴면서
힘을 주어 꾹꾹 눌러 가면서
리넨과 면이 섞인 노란 색깔의 그날을 떠올린다

그때만 해도 마음의 주름을 눌러 줄
누군가의 뜨거움이 있어야 한다는 걸 몰랐다

창틈으로 가랑비 듣는 소리가
먼빛으로 목어 치는 소리 같고
눈이 쫓는 허공엔 자꾸만 속이 식어 가는
얼음 같은 형상이 헛것인데

마음끼리 절묘한 이음매를 짓지 못하고
구석의 벤 듯한 주름 하나는 지금 무엇으로 펼 것인가
어딘가 은근히 닿을 곳을 갈구하는 그리움이
팔뚝의 푸른 핏줄로 드러난다

아침에 해가 떠서

아침에 해가 떠서
작정하고 산을 오른다

칠부 능선 즈음에서 길이 갈린다
한쪽은 하산 길
다른 쪽은 정상으로

삽시에 몰려든 먹구름이
거칠게 진눈깨비를 뿌려 댄다

오르기만 하던 마음
미답의 두 갈래 하얀 길 앞에
젖은 채로 망연하다

해를 좇다가 해를 잃으니
모처럼의 산행이
산 아래 우리 사는 일처럼 되었다

내가 알고 있는 것들

알 수 있을 때까지는 그것을 어둠이라 부르자

알고 있다고 믿었던 것들을 알아차리는 동안은
흥정의 시간

흥정이 용납되는 이유는
우리가 서로에게 사소한 일부가 되어 있으므로

나이테를 헤아리며 제풀에 지쳐 가고 있는
너나없이 한 방향으로 맴도는 욕구
그물 없이 받아들이는 굴종이 부끄러운
나의 굽은 몸통 옆에서 나무꾼의 쇠도끼가 번쩍이네

무지를 신비로 치부해 오던 비겁도
여전히 황금열쇠라고 믿고 싶은 게으름

갈수록 난해한 걸음들은 모두 반성의 몫이 되었으니
안다는 것을 진정 알고 싶어 하는 빈곤이

태양 아래 쉴 새 없이 절름거리네

빛나던 대중의 모퉁이를 지나
홀로 걷던 후밋길이 늙은 선장의 해도에 있기나 한 건지

영혼을 공전하는 당위와
저들 당당한 구심력의 본말을 향해 던지는
떫고 찝찝한 의문들
죽은 곤충에서 떨어져 나온 찢긴 날개 같은
경련하는
세상에서 내가 아는 모든 것이었던 내가 알고 있는 것들

내가 그러하니

이 건방짐은
내가 그러하니 그런 채로
몇십 년이 흘렀고
이제 서해안 뻘을 넘어가고 있는
태양의 수굿함을 본다

그동안 잘난 사람들의 일은
갯벌의 게 구멍처럼 많았구나
밀물이 들며 물에 잠기는 어둠을 보라
세상의 무말랭이 같은 골격을
마음 밖에서 깨우치는 일이다

새날이 밝아 다들 누운 몸 일으키기 전까지
두 손으로 어둑어둑한 땅을 짚고 있어야지
간혹 고사리순처럼 서 있더라도
숙인 고개는 들지 않기

스스로 소리 죽여 들어 놓은 물이

색 바랜 공기처럼 가슴에 고인다
틈만 나면 도로 융기하는 어깨
제 구멍 저도 모르는 일상 속에
찢긴 깃발이 꽂히는 마음 안의 풍경들은
비등점에 이르기도 전에 벌써 말미를 보인다

아직도 바위 같은 현자들은 숨죽인 채
어제까지 떴던 눈으로 방관하고 있고
식어 버린 발자취 돌아볼수록
현재는 오로지 치부만을 더할 뿐이다

몽돌을 듣다

청흑빛 우울이 마지막 주문처럼
바다의 하루를 지워 가고 있다

좌르륵 좌르륵 낯선 언어를 듣는다
검은 몽돌 띠를 두른 해변

하얀 물거품에 가려
닦이고 깎여 버려지는 것들과
버릴수록 둥글고
둥글어질수록 섬세해지는
내면의 소리

한 생애를 닦달해 온
몸과 마음
여전히 회억에 매이고
욕망에 매이고 습성에 매이는

완고한 남루로 우두커니 서서

속살은 희다

굴참나무 껍질에는 해묵은 시간 속에서

낯가리고 내달렸을

갈라진 사연이 있었을 것이다

그렇지 않은가

누구라도 감출 수 없는 흔적들을 내보이고 살면서

침묵하다 귀가 먹든지 아니면

짓눌러 놓았던 시푸른 너울을

골 깊은 주름의 틈새로 눈 꼭 감고 흘려보낸 적이 있었을 것

한 그루의 삶이 미추美醜를 거듭할 때

투박해지는 감각들을

잎이 무성하게 어루만져 주고

그 같은 위안이 나이테를 만드는 시각에

새치름히 배어 나오는 속살

속살의 하얀 정체성이 나무의 체온인 것

그 따뜻함 때문에 칼을 이기고

다시 불을 켜는 심지로

모든 생명의 아침이 그렇듯이

일몰

낙조를 보러 간 정서진에서
다시 도플갱어를 만났다

이해는 타협이지요 하며 여전히 한 사람은 되뇌고
흉금을 터는 쪽을 생각하면 그렇지
뜸을 들인 후에 다른 사람이 받는다
한쪽이 더 손해를 보는 흥정이 될 걸세

그날도 속이 상해 있던 나는 그들의 뒷모습을 쳐다보며
무심코 또 흥정을 생각해 본다
그들은 무엇이 겨루는 이해에 대해 말하고 있지만
사람들에게 무엇이란 게 과연 손익의 얼마나 되는
무엇일까
그 분기점의 잣대, 그 가치는 누가 다루는가······

그들의 다음 얘기는 여기서도 들리지 않았다
나는 왜 그들의 이야기 속에 자꾸 끼어드는 것일까

단어 하나가 똬리 틀고 있는 머릿속이 더 복잡해졌다
이해의 흥정이 마음의 무게인 것처럼
해는 말없이 기울고 있었다

석양의 끝물을 뒤집어쓴 두 사람의 색깔이
먼발치로 식어 가고 있었다
오늘은 낙조를 보지 못하고
일몰만 보고 되돌아왔다

뽑기

납작 엎드려 봅니다
뛰어오르기 위해서가 아닙니다
오래전 마음속에서 정한 대로
더욱더 낮아지려고 하는 준비입니다
지금보다 낮아지려면
아래로 흘러야 합니다
형태라는 뽑기 틀을 포기해야 합니다
설탕을 졸이면 흐르지 못합니다
단맛은 불순물입니다
나는 끊임없이 무너지며 흘러야 합니다
꼴이 무너져야 불순물이 정화됩니다
딸아이의 에메랄드 성도
그래서 무너집니다

더 납작 엎드립니다
수평을 이루는 곳은 안전하지 않습니다
한동안 나는
흐르기 위해 기다릴 수 있어야 합니다

아시다시피 낮은 자리를 마련하는 데는

고단한 절차가 필요하니까요

호숫가에서

호수면 위로 비행운이 지나간다
길게 하얀 금이 추억을 긋는다

오늘도 간절한 말들은 깊고도 짙다
색깔이 무거울수록
기억 속에서 술렁이는 네댓 그루 곰솔 그늘
그늘도 이토록 맛이 쓸 때가 있다
내가 나에게 오는 일이 외로움만은 아니지만
너에게 가는 무늬는 어찌하여 늘 고독이어야 하나

자신에게 자신을 사용하는 일보다 더 단호한 포기
너를 무중력의 공간 속에 방목하고 돌아선 일이 옳
았을까
바탕을 가린 단색
표정을 요약하면 우리 사이의 공약수는 분명 오답이었다

금이 벌어진다
어쩔 수 없이 다시 열 길의 틈이다

이제야 알아차린 것인가

뻣뻣해진 혀 위에서 언어를 굴리다가 저지른 패착이

더할 나위 없이 혼곤한 공백인 이유를

저무는 호숫가에 서니 비로소 보이는 것인가

네게 끝없이 용해되어 흔적을 잃었던

내 저항의 무모함이

쥐똥나무

키 큰 나무에서
마른 잎 하나가 떨어져
툭 어깨 위에 내린다

노동과 근면이 바스락바스락
마지막 숨을 몰아쉰다

늙은 쥐똥나무는 앙상한 손을 들어
말없이 토닥여 준다

위안이란 이런 것이다
알아주는 마음이다

몽돌

만만하게 둥글어졌는데도

구르고 있구나

그 길 참 멀고도 멀다

구름

아침이슬에 숨어
풀잎 끝에 매달리리라
여름의
푸른 정적으로부터 사르어 낸 안식이
목화꽃 송이로 피어 나와
그 아침 바람에 풀려 훨훨
하늘로 흐트러질 때
억새 꿀풀 잡목 숲 사이로 흐르는
시린 여울
어린 물고기 눈동자 또는 몇 개의 비늘
아니면 강가에 늘어선 미루나무
반짝이는 잎새 위
아른거리던 고운 흰 구름 보듬어 모아
초가을 잠자리가
한시름 자고 가던 풀잎 끝에
이슬로 매달리리라
이슬이 되어 이슬 속에 숨었다가
이슬만큼 매달리리라

여름날 내 딸아이
곤한 속눈썹처럼

지금은 사월

흐르는 눈물은
닦지 않는 게 좋아
울음도 의식儀式이니까

눈물에 젖은 볼은 어떤 장식보다도 아름다워서
발갛게 번질거릴 때
자기 연민은 가장 깊은 곳에서 솟아오르지
울음소리가 꺾일 때마다
나이테 같은 생채기도 생겨나고

아픔은
보랏빛 올을 하나씩 골라
이마 속에 숨겨 놓는다는 걸 나는 알아
슬픔을 결정하는 것의 반쪽이
기억이라는 것도

벌써 사월이네
눈물이 흘러도 울지 말아야지

기억들을 땅에 묻어 놓고
나의 꽃빛은 모두 지워야겠어
다시 피어나는
어린 꽃들이 지천으로 보이잖아

가을에

가을엔 시장기로 날리는
낙엽이 있다
바삭거리며 원화圓化하는 공복의
물질들이 있다
하늘로 빈 소리 차고
내면을 엿보는 뾰족한 구름들이
숨어 가고, 다 쓰러져 가는 햇빛의
막막한 애증의 영토와
곤충들의 실종, 그 근처에
아무것도 그리워하지 않는
초점 없는 마비가 있다
자기와 자기부재와의 상견례와
빈 그릇 뿌리까지 드리운 침묵이 있고
돌아서는 너희들과
쉰 목소리의
목마름이 있다
어언 앙상하게 야위어 버린 나와
내 그림자와

안녕 하며 떠나는 시간이 또한

아스라이 날개 쳐 가고

회복

마음을 허물면 시간을 묶을 수 있다
땀으로 모은 삶의 가닥들 어차피
길고 가늘게 하루다

허파 같은 오지 하나 머리에 없는 저녁
대상 없는 교감의 깃털이 허공을 쓸어
새 자리를 깔아 놓는다

오랫동안 짐승의 날개만으로
충족할 것들을 찾아다니고
밤의 꽃이 되어 숙연히 외로웠다

생각의 배설물들은 형상화되어
한 장씩 어제의 벽에 붙어 지나간다
상처의 압화들이 별빛에 흐려지고 있다

기다리다 보면 암울한 촉도 위안을 닮는다
오해의 편안함

이룬 것도 이루어야 할 것도

멀찍이 주변을 둘러 울짱이 되어 있는 정적

측은한 거울

거울 앞에 서면
나의 모습만 보인다
내 안에 가득한 너는 보이지 않는다

언제나 거울 앞에 서면
자욱해진 너로 인해
내 모습이 홀로 얼마나 불완전한지 보인다

거울 앞으로 한 발자국만 다가서면
그곳에 너만 있고
나는 차례로 자욱해져서 도무지 나를 찾을 수가 없다
내가 없는 너의 모습은 불완전하다

거울을 깨어 버리면 우리는 괴리된다

나는 수없이 거울을 사들이고
깨뜨린다
어렴풋하기만 한 어떤 이유가 나를 그토록 충동질한다

깨진 거울 조각을 맨발로 밟으며

나는 스스로 당착에 빠진다

네가 나의 거울이어서 내가 너의 거울인 것인 양

또는 마침내 우리가

하나의 거울 속에 다른 거울 하나를 나란히 둘 것처럼

단추

옷 하나를 다 지어 간다
단추를 달기 전에
너를 불러 본다

네 속에 익숙지 못했던
내게 낯설지 않은 것은 살갗의 온기뿐

가랑잎 듣는 밤
윗도리 하나를 지은 것은
그런 진정을 가늠했기 때문이다

이 옷은 이를테면 나의 순수이며
너에의 소박한 돌진인 것이다

이렇게 말하면 너는 언제나처럼 웃겠지
하얀 이를 가지런히 드러내며
가 버린 시간
길들이지 못한 우리의 관계에 대하여

그럴 때면 난 아주 은밀한 별빛으로 네 웃음소리에
스며들어
　　바늘 끝처럼
　　너와 다시 또 눈을 맞추고 싶어지는 것이다

　　너의 가슴을 옷 속에 채워 넣고
　　네가 허락하는 아침을 위해 그 웃음으로
　　마지막 단추를 달고 싶어지는 것이다

어쩌다

어쩌다 그렇게 되었을까
수그리는 마음
선들이 강제해 놓은 공간 속에 몸을 가두어
저를 길들이고 짐승을 기르고
못난 사람으로 사랑도 하다
슬픔 또한 깔고 앉게 되었을까
비움 없이도 시장기를 느끼고
누군가의 이름을 부르며
자꾸 뒤돌아보는 하늘과 땅 사이에서
가다 보면 가는 일이 삶이라고 풀 한 포기 심고
무리에서 떨어져 나와 닿는 곳
그곳이 홀로 발을 묻을 곳임을 진작에 알면서도
해종일 읽어 놓은 몇 묶음의 시간으로
한 생애인 양
어떻게 그리 묵묵할 수가 있을까
찬밥처럼 노래하며
구들장 밑을 헤매다
누룽지같이 눌어붙은 넉살을 보이며 다시 한 걸음

그러다가 스스로에게 묻기를

이렇게 너그러워

다만 웃고 사는 것인지

거베라의 배

밀어 보냈지
먼바다의
바다로
인력 속으로

그렇게 가는 것이야
청어靑魚빛 돌풍이
고물에 나부끼고 있었어
약속의 닻은
너의 것

돌아선 자리에는
기다리는 일뿐
듣기조차도 거부하는 깊음의 소식을
구르는 해
지구가 뜨고 저물면
마침내,
라고 바람은 말하겠지만

아무래도 난

빗장을 지를 수가 없어, 육지에 남아

돌아설 수도 없어

풀잎 하나가

가도 가도 씻기지 않는 어둠의 편린이
홀로 떠가고 있다

아득히 보이는 그곳은 눈부신
빛이란 빛은 모두 모아 놓은 모꼬지
색깔이 승화되어 막다른
우리 모두 흘러가서 언젠가 닿을 곳

까불리며 흘낏대며 물살에 몸을 맡긴 채
수척한 생애를 싣고
풀잎 하나가
하얀빛 쪽으로 사라져 가고 있다

홀로인 적이 없었다

길이 방황이었을 때
모든 그곳에서 떠나 있을 때
딛는 걸음마다
갈래갈래 어둠이었다

규정할 수 있는 건 존재하지 않았다
어디를 향할지 누구와 걸을지를 따지는 일도
과분한 호사였다

어느 시점에 서니 방황과 방향은 하나가 되었다
한쪽은 다른 한쪽의 무릎이요 어깨였다
머리는 어디에 올려놓아도 머리일 뿐이었다

어둠이 누더기가 될 때까지 허공에 삽질을 하면서도
결코 길을 벗어난 적이 없었고
홀로였으며 홀로인 적이 없었다
간혹 뜻 모를 확신들만 어딘가에서
몇 번이고 반복되고 있는 걸 알고 있었다

뒤돌아볼 때

앞에서 치대기는 서먹함 때문인지
마음이 갈래져서
가던 걸음을 멈춘다

뒤돌아보는 눈에
가득 담기는 텅 빈 길

한때는 그토록 풍요로웠으나
지금은 또 얼마나 가난한가

설움의 풀꽃들 지고
환희의 도랑물도
포개진 과거의 갈피 속에 영영 스며 버렸다

서운함만 질펀한
버려진 길 위에서
마디 없는 시간들이 들메끈을 고쳐 매고 있을 때

멀찌막이 장승처럼 서서
그를 뒤돌아보는 일

진눈에 젖은 마음을
마른 마음에 붙들어 매는 이 호젓한 일에도
나이가 넉넉히 들어 버렸다

발치 쪽으로는 한참을 가야 할
길 없는 길들
마음보다 더 가닥이 져 드러나 있는 길들이
허허롭게 무표정하기만 하고

나는 다시 고개를 돌리지 못한 채 머뭇대며
허정개비마냥 풀 죽고 맥이 없다

슬픈 노래

이제 떠나려 하네, 돌아서면
아늑했던 둥우리와
귀에 익은 지빠귀 울음소리도 낯설어지겠지

바람 한 점 없이 흔들리던
나무는 등 뒤에서 헛기침을 하네

환영처럼 시야를 어지럽히던
추억들이 잔물살을 일으키며 흘러가고
지층을 뚫고 내리는 무게로
마뜩잖은 이가 오는지 작달비가 나무를 에워싸네

아득한 들판 위에
지칫거리며 남겨 놓을 발자국들이 먼저 보이고
돌리지 못하는 고개에
목줄을 걸어 당기는 손이 있네

나무는 사선으로 구름만 좇다가

빈집이 될 터이고
가난이란 것이 무엇인지 나도 이제는 알겠네

나비잠 자며 꾸던 꿈들이 우죽마다 물러앉네
이제 들메끈을 조여야겠네
고마운 시간들을 한순간처럼 보듬어 안고
어딘가 깊은 곳 내가 닿을 궁극의 초록을 그리며
슬프지 않은 노래를 그림자처럼 끌고서
먼 길을 떠나야겠네

양평에서

비가 그치고 구름도 흩어지고 있다

아직도 가지런하지 않은 시간의 간격과
처음과 끝들
허리가 꺾인 길 위에 잠시 멈추어 서서
먼 시간의 속살을 헤집어 본다
매듭진 시작, 터진 옹이 같은 마무리가 즐비하다

마무리란 완성이던가
불현듯이 낯설어지는
이 단어는 무슨 의미이던가
그보다도
시작이란 무엇이던가
처음이 생각나지 않는 것은
중간이 실종되어 버린 처음이었기 때문일까

꼭짓점 하나 모으지 못하던 그때의 중간
가도 가도 끝이 보이지 않던 남루와

마침이 없던 마무리들을 밟아 가며
풀리지 않는 처음을 찾으러 지금이라도
되돌아가야 하는 걸까

양평에 와서
먹빛 하늘도 구름에 씻기어 파래지는 걸 보았다

플라타너스

나는 나의 대칭
거울을 들여다보며
갸우듬한 얼굴로
그대를 오랜 기억으로부터 떠올리는
그 얼굴의 모순 속에는
눈시울 붉은 그대가 겹친다

거울을 떠나면
얼굴에 묻어 있던 그대도 떠나고
나는 일상으로 되돌아와서
다른 그대에게
거울 밖의 얼굴을 보이고 있다
내가 확인할 수 없는
그때 나의 표정은 늙은 플라타너스처럼
조금은 더 투박하고 고전적일 것이다

벌레 이야기 4

장구벌레처럼
고인 물속에서 살기로 작정하고

장구벌레 흉내로
몸을 뒤채어 자꾸
물속으로 가라앉았다 물 위로 떠 올랐다

산소는 그런대로
충분했다

그런데
나는 죽어 있었다

그런 날

가슴에
구멍이 뚫리는
날, 아무 뜻 없이
표독해지는 날이 있지

아집의 녹슨 갑각甲殼에 덮이어
촛불 하나 구하지 못한 채로 서성이다
겨울 숲의 조여드는 추위 속으로
달음질쳐 나가는 와해
회상의 단근질에
묶이는 시선이며
내리쪼이는 이웃들의 정담

그들에게만 있을 죄
당신을 비추는

그들을 흩어 버리고
메마른 참대 숲을 흐르다가

성에 되어 엉기다가
하늘만큼 공허해지고

그런 날이 있지
옷깃을 헤치고 보면
뻥 뚫려 있는 빈 가슴에
비수 한 날 푸르게
버석거리는

바람 행로

떠날 때면
생에 대한 위안의
말이라도 남기리

떠난다 함은
마음 같지 않은 대로大路
불명한 여운을
바람으로 날리는 길

뒷날에는
때에 전 기도氣道마저
한갓
꽃과 같이 질 것을

떠나는 것은 길
남는 것은 바람

우리의 군상은

아득히

귓가에 묶이는 몇 가닥의 실

소외된 기억

산 정상에 오르는 것은
내려다보기 위해서라고

산기슭에 서서
생각해 본다, 저 높은 곳
더는 올려다볼 것이 없고
오를수록 멀어지는 것이 발아래로 펼쳐지는

산은 낮은 장소와 높은 공간을 내준다
인간의 바위와 흙과 오래된 영혼들을 겪으며 얻은
익숙한 순간 중에서 가장 허술했던 것들을
홀로 선택할 수 있도록

더 높은 곳 더 넓은 공간에서 겸손해지기 위하여
시야에 다시 한번 희망이라는 이름을 새기기 위하여
다리는 구름의 곤죽 속에서 균형을 잡고
귀는 지나간 발걸음 소리를 들어야 한다

마음과 현실 사이 가르마 같은 길이
보행을 강제하기도 하고 자유롭게도 하는 것이나
어딘가에서 푸르게 젖어 있을 이데아를 상상할 때
나는 더없이 온순해진다
엉킨 두발을 가린 모자처럼
제 그림자 또한 제 몸의 색깔보다 엷을수록 순조로운
그것이 바로 지혜를 향한 으뜸 항법이기 때문이다

그러니 산의 품에 들어 외람되게
오르고 내리는 일을 따지랴
그곳에 있어 오르는 산이 아니라
나는 스스로 산을 짓고 산에 오른다

내가 열중하는 것은 확신 없는 물음과 불명한 답
140억 개의 뇌세포 한가운데 저장할
소외된 기억 몇 낱

할미꽃

이름 하나를 부르면
대답처럼 피어나는

붉은 꽃잎의 시간은 이쯤에서 끝났으나
회상만은 고개를 숙인 채
무덤을 지나
하얗게 징검다리 같은 과거를 걸어간다

검은 돌 위에 이름으로 남은 저들은
다만 낯설음인가
가슴을 정류하러 다가오는
전류인가

아득해지던 이름들이 불릴 때마다
되돋아나는 양지에
언젠가 내 이름도
누군가의 언어로 할미꽃 피겠지

산책

어둠에서 풀려난
강물의 흐름이 조금씩 빨라지고
교각에 걸린 표지등이 흐려지는 때

맨 흙길 위의 고요를 밟아 가면
어린 풀들은 납작한 잠에서 깨어나 웃고
질척한 발치에서는 봄 냄새가 피어난다

걸음에 여유를 부리며 비틀거리며
방패 같은 겉옷을 벗어 든다
의식 없이 지배되는 의식이 편안하다
마음의 집을 나서서 무심히 걸어도
길의 끝은 언제나 희망으로 올 것을 믿는 일

몸의 안팎을 연한 햇살에 적셔
살갗의 얇은 곳에 두루두루 하루의 새잎이 돋아나고
간지러움 속에 초록빛 긍정의 호기가 솟는
오늘은 아침이 석영 알처럼 반짝인다

어둠 한 점

그때는 저 속 깊은 계곡의 물빛이
그토록 환하고 맑아 두견새가 울었던지

영산홍 지고도 한참
초록빛 무성한 기슭
발아래 밟히는 언제 적 고엽들은
썩기 위하여 차라리 침묵하는가

피어나는 것 사라져 가는 것들
광막한 꿈 위에 젖은 구름이 묻어
지우지 못한 상처가 무지개로 걸리네

땅 위에 떨구었던 그림자를 낚아채며
까마득히 날아오르는 멧새여
가두리해 놓았던 확신이 두 눈을 벗어나니
먼 날들 이제 와 이토록 왜소하고 잔망하구나
의심으로 굳었던 그를 제쳐 홀로 웃자란
잠깐의 여유란 얼마나 허약한 농락이냐

마른 입술을 관통한

가난한 이의 원망도 남의 계절을 품는 바람이어서

나는 마음을 고쳐먹고

누군가를 만나러 가는 깃털 같은 어둠 한 점을 당겨

맨손 엄지가락 끝에 공손히 올려 보는데

그날이 오면

오감을 거스르던 기억을 더듬어 굳이
분별이라는 걸 배우지 않아도 되겠다

이형화나 변질자를 가리지 못한다 해서
홀로 얼굴을 붉히며
외로워할 필요도 없겠다

마음의 여행 중에 마주치는 주검들
간직했던 최초의 기억과
첫 박동으로 몸을 흔들던 심장을 구실 삼아
위로의 말 부디 하지 않아도 되겠다

익숙지 않았던 냄새와 변태로서
존재를 받아들이는 일
세포 곳곳에 남고 남기고 버려진 편력의 산물인
제 몸의 배설물을 자신인 양 어르며
대비와 연출의 한 시기를 살아온
이 찌꺼기들의 고독을 납득할 수 있게 될
그날이 오면

삶의 궁극으로 귀환하는 사랑의 역설
—노두식 시의 미학

유 성 호 (문학평론가·한양대학교 국문과 교수)

삶의 궁극으로 귀환하는 사랑의 역설
―노두식 시의 미학

1. 시간의 자국을 향해 건네는 언어의 기록

노두식盧斗植의 시선집『내 사랑의 반은 첫사랑이었네』
(문학세계사, 2024)는 지나간 사랑의 기억과 새로운 삶의 의지
를 정성스럽게 담아낸 아름다운 시간의 도록圖錄으로 다가
온다. 시인은 가장 깊고 오랜 시선과 필치로 사랑과 삶의
의미를 탐색하면서 그 세계를 새삼 희구하고 탈환해 간다.
순수한 의지적 구성물로써의 서정시를 통해 지나온 시간
에 대한 존재론적 기억을 구축해 간다. 이때 시인의 의지
는 세계와 자아를 연결해 주는 적극적인 통로로 기능하면
서 존재 고유의 속성을 환하게 파생시켜 준다. 아닌 게 아
니라 노두식은 누구와도 닮지 않은 자신만의 언어로써 끝
없이 유동해 가는 사랑과 삶의 속성을 사유해 가는 유니크
한 서정시인이다. 그의 굳건한 인생론적 안목에 의해 세워

지는 사랑의 기억과 삶의 의지가 참으로 의연하다.

그에게 시란, 〈시인의 말〉에 쓴 것처럼, "시간의 오래된 이름"이자 "묶어 두었던 발자국"이었을 것이다. 이번 시선집은 자신의 내면이 이러한 시간의 자국을 향해 건네는 인상적 언어의 기록으로 우뚝하다. 그만큼 노두식의 시는 삶을 규율하고 유지해 가는 근본 조건들 예컨대 인간의 의지나 노력으로는 넘어설 수 없는 사랑과 그리움의 잔상殘像을 노래해 간다. 그는 자신의 삶에서 초래되는 운명이나 그로 인한 슬픔 같은 것을 시의 안쪽으로 불러들이면서, 그 정서로써 한 편의 시를 구성하는 방법과 과정에서 언어의 직능을 믿는 시인이다. 사물과 언어가 끊임없이 서로를 매만지면서도 필연적으로 결속해 가는 과정을 그는 양도할 수 없는 열정으로 보여 준 것이다. 이번 시선집은 이러한 언어와 열정으로 갈무리된 산뜻하고도 아름다운 미학적 화폭으로 남을 것이다. 그 화폭에는 삶의 궁극으로 귀환하는 아름다운 사랑의 역설이 그 저류底流에 흐르고 있다. 이제 그 세계 안으로 한 걸음씩 들어가 보도록 하자.

2. 삶의 심층에서 글썽이는 사랑의 순간

노두식 시편의 가장 중요한 음역音域은 '사랑'의 마음에
서 발원하고 퍼져 간다. 그는 남다른 사랑의 기억을 통해
자신이 앞으로 세월을 거듭하면서 심화해 갈 시적 원형들
을 만들어 간다. 물론 그것은 지난 시간에 대한 낭만적 추
억이나 미래에 대한 밝은 희망이 아니라, 시간의 흐름 안
에서 차츰 소멸해 갈 수밖에 없는 사랑과 삶의 운명에 대
한 예감을 통해 이루어진다. 그만큼 시인은 사물의 존재
방식을 고쳐 보거나 그것을 새로운 가치로 이끌려는 모험
을 감행하지 않고, 시간이 흘려보내는 감각적 이면에 잠
복한 삶의 다른 기운을 바라보려는 의지를 정결하게 견
지하고 있다. 그러한 의지를 그는 사랑의 형식으로 단단
하게 담아내고 있는데, 그 사랑은 대상과의 동류감보다는
운명의 개입으로 인해 유보된 순간을 더 강렬하게 남기
고 있다. 여기서 우리는 사랑의 결여형이 크나큰 감동으
로 남는다는 사실을 다시 한번 경험하게 된다. 그만큼 노
두식의 시는 대상 부재 상황에 처한 시인이 가파른 생을
견디는 상상적 존재 증명에 사랑보다 더 분명하고 강렬한
것은 없다는 것을 가장 아름답게 보여 준다.

기다리지 않아도 사랑이 온다는 그 말을

다시 믿고 싶다

그까짓 사랑

무언가 내 안의 한 부분이 변하기 전에

마지막 남은

채울 수 없어 비어 가는

서로 더 이상 아무것도 아닌 우리를 위하여

　　　　　　—「기다리지 않아도 오는 것」중에서

사랑인 줄도 몰랐던 우리의 첫사랑은

이 세상의 마지막 사랑이지

사랑은 알 거야

다시 처음으로 되돌아갈 수는 없다 해도

언제까지나 그 기쁨

분홍빛 문신으로 남아 다함이 없으리란 것을

　　　　　　—「우리 사랑」중에서

　사랑은 굳이 기다리지 않아도 온다. 때로 "그까짓 사랑" 하는 생각이 찾아오기도 하지만, 그럼에도 사랑은 "내 안의 한 부분이 변하기 전에/마지막 남은" 것으로 존재한다. 그러니 그 "채울 수 없어 비어 가는" 사랑이 아니면 우리는 더 이상 아무것도 아닐 것이다. 나아가 시인은 '우리 사랑'이 '첫사랑'이자 '마지막 사랑'이기도 할 것임을 노래한다. 비록 처음으로 되돌아갈 수는 없지만 그 사랑은 "언제까지나 그 기쁨/분홍빛 문신으로 남아" 있을 것이다. 시인은 "최초의 기억과/첫 박동으로 몸을 흔들던 심장"(「그날이 오면」)으로 남았고 "사랑하고 싶은 것만 사랑"(「파꽃」)했던 순결하고 아름다운 시간을 이렇게 심미적인 무늬로 남겨 놓았다. 그렇게 기다리지 않아도 올, 하지만 결국 채워지지 않을, 아예 사랑인 줄도 몰랐던, 오랜 사랑의 기억이 '시인 노두식'을 가능케 해 주고 있는 것이다.

너를 기다리다가

누군가에게 떠밀리어 앞으로 걸어갈 때

네가 등 뒤에 와 선다 해도 그건

아무 언어도 아니지 하나의 방식일 뿐

그냥 춤사위 같은 방식일 뿐

기다리는 네가 오지 않으면

나는 선인장처럼 멈춰 서면 되지

멈춰 서서 다시 뾰족하게 기다리면 되지

샘이 고일 때까지 하냥 목마르면 되지

그러다가 쓰러져 버리면

그도 그만이지

하지만 네가 내 앞에서

세상의 언어가 되어 걸을 때

맨손으로 등을 쓰다듬어 너를 고르는 손가락의 시늉만으로도

한 페이지 가득 율동으로 완성되는

비로소 너는 나의 지울 수 없는 무늬가 될 것이지

그렇다 해도 기다림이야

한갓 천둥지기의 시름에 다름 아닌 것이니

나는 그대로 다소곳하리

　　　　　　—「천둥지기」 전문

　시인은 '너'라는 2인칭을 향한 한없는 사랑의 마음을 건네고 있다. 기다리던 '너'는 언제나 언어가 아닌 춤사위 방식으로 등 뒤에 서 있다. 시인은 선인장처럼 멈추어 뾰족하게 '너'를 기다리고 있고, 샘이 고일 때까지 영원한 목마름으로 서 있고, 쓰러진다 해도 그만이라고 한다. 하지만 2인칭이 세상의 언어가 되어 걸어갈 때 시인은 맨손으로

그 등을 쓰다듬어 "한 페이지 가득 율동으로 완성되는" 무늬를 만들어 낸다. 그러니 항상적이고 다소곳한 그 기다림이 바로 '천둥지기'가 가지는 보람이자 운명이 아니겠는가. '천둥지기'는 빗물에만 의존하여 경작하는 논을 가리키는데, 시인의 항구적인 기다림이야말로 빗줄기를 기다리는 천둥지기의 마음과 어느새 등가를 이루게 된다. 물론 이러한 사랑은 "지척이었던 당신의 가슴이/만릿길이 되던"(『절벽』) 시간에도 "세상의 뭇 사랑은 다 잃었으나/내 사랑의 온 천지를"(『사랑은 그런 것』) 얻었다는 궁극적 긍정의 마음에서 가능한 것이었을 터이다.

진작에 깨달아

내가 이 세상의 누벼진 한 올 한 끝으로써

그 끝을 이루는 수많은 실밥 같은 이들을 더불어 사랑하는

그런 법을 알았더라면

그리하여 늦은 한 사람을 초신성의 현현처럼 기꺼워하며

외줄기로 벽계를 이루어 흘러 이르렀으되

설령 그것이 단 한번의 목숨으로 꺼져

허기평심 주저앉았더라도

상심 없었으리

평생 온 사랑을 하며 산 줄 알았으나

내 사랑의 반은 첫사랑이었네

—「내 사랑의 반은」 전문

　시선집 표제작이기도 한 이 시편은 노두식 버전의 사랑론을 완결하고 있다. 시인은 "이 세상의 누벼진 한 올 한 끝으로써/그 끝을 이루는 수많은 실밥 같은 이들"을 사랑하는 법을 그동안 알지 못했다고 토로한다. 만약 누군가를 초신성의 현현처럼 사랑했더라면 시인의 마음은 허기평심虛氣平心으로 주저앉았더라도 크게 상하지 않았을 것이다. 이러한 허기평심의 경지에서 받아들인 미완의 사랑이야말로 시인으로 하여금 "평생 온 사랑을 하며 산 줄 알았으나/내 사랑의 반은 첫사랑이었네"라는 고백을 불러오게끔 해 준다. 설렘과 떨림을 동시에 주는, 정점과 소실점을 함께 구축하는 '첫사랑'이 '내 사랑의 반'이었다고 노래하는 시인의 마음이 아름다운 '반'에 대한 기억과 새로운 '반'을 향한 의지로 거듭나고 있다. 그리고 그 기억과 의지야말로 "누군가의 가슴속에서 소복이 살아나는/한 시절의 고운 사랑"(「사라지는 우리」)을 품은 채 "끝내 밝히지 않은 마음속 비밀 아껴 두고 애태우는/그러다가 다시 첫사랑에 빠지는/첫사랑에 남은 생애를 다 바치는"(「사랑이 깊어 간다는 것은」 시인의 성정性情을 그 무엇보다도 잘 보여 주는 창窓이 되어 주고 있는 것이다.

이처럼 노두식 시인은 사랑의 마음을 언제 어디서나 우리에게 흘려보내면서 독자적인 사랑의 상황을 구성해 간다. 이때 시인 특유의 서정성이 풍요롭게 구축되는 것을 우리는 경험하는데, 시인은 삶의 순간마다 경험해 온 고통과 열망과 기다림을 암시하면서 그것들을 향한 긴장과 응시와 견딤을 큰 호흡으로 안아 들인다. 그가 노래하는 사랑의 시학이 결여형을 넘어서는 커다란 힘으로 울려 오는 까닭이 바로 여기에 있다. 그만큼 노두식의 시는 애잔한 사랑을 통과하고 난 후 다시 찾아오는 사랑의 귀환 과정을 강렬하게 예감하게 해 준다. 나아가 그는 이러한 사랑의 의미를 역동적 이미지군으로 변형해 가는 탁월한 역량을 보여 준다. 아득한 심연에서 전해져 오는 미학적 파동을 아름답게 채록하면서, 한편으로 지상에서의 사랑이 사라져 가는 순간을 천착하면서, 한편으로 삶의 심층에서 글썽이는 사랑의 순간에 더 가까이 접근해 간다. 그 점에서, 노두식은 단연 '사랑'의 시인이다.

3. 경험적 세계 안에서 이루어 가는 상상적 시원의 구축

대체로 서정시는 내면으로 수렴되는 안정적 구심력과 세계로 나아가려는 돌연한 원심력의 균형에서 태어나게 마련이다. 노두식의 시에는 이러한 구심력과 원심력의 균형적 결속을 통한 치유력이 강렬하게 깃들어 있다. 불가피하게 사라져 가는 것들을 감싸안으면서 새로운 대체 질서를 열망해 가는 리듬이 단단하게 안착되어 있다. 나아가 시인은 일상의 세목을 재현하는 신중함과 함께 그 세계 안으로 강렬한 호흡을 불어넣음으로써 존재의 시원始原에 대한 사유와 감각을 구현해 가기도 한다. 사물의 움직임을 세세하게 관찰하면서도 존재의 시원을 지나치지 않는다는 점에서 우리는 그의 시가 우리 시단의 한 개성적 진경進境을 보여 주고 있음을 알게 된다. 이러한 시원의 성찰을 통해 그는 자신의 시적 수심水深을 들여다보고 있고, 바로 이것이 그의 시를 회고적 정서에 머무르게 하지 않는 힘이 되어 주고 있다. 오히려 시인의 태도는 끝없이 새로운 생성을 예비하고 있다는 점에서 자신의 긍정 지향의 존재론을 낱낱이 증명해 주고 있다. 그렇게 꿈과 현실의 접점에서 착상되고 그것들이 이루는 첨예하고도 날카로운 긴장 속에서 발화되는 그의 시는 경험적 세계 안에서 이루어 가는 상상적 시원의 구축 과정을 아름답게 보여 준다 할 것이다.

> 마른번개
>
> 천둥 치는 날
>
> 개펄이 보이는 창가에 앉아
>
> 알게 모르게 지은 죄
>
> 진실로 참회하면
>
> 벼락 맞는 건 피할 수 있지 골똘하다가
>
> 교회 십자가에도 피뢰침이 달린 것을 보고
>
> 지은 죄는 어쩌지 못하겠구나 싶어
>
> 펄밭 나문재마냥 벌거니
>
> 얼굴을 붉히고 만다
>
> ─「피뢰침」 전문

'피뢰침避雷針'은 벼락의 피해를 막기 위해 건물 꼭대기에 세우는 금속 막대를 말한다. 시인은 마른번개와 천둥이 치는 날 개펄 보이는 창가에 앉아 자신이 알게 모르게 지은 죄를 참회하면 벼락 맞는 걸 피할 수 있을지 골똘하게 생각해 본다. 하지만 "교회 십자가에도 피뢰침이 달린 것"을 보고는 '죄'의 불가항력성과 반半항구성을 절감하게 된다. 이제 스스로 "펄밭 나문재마냥" 얼굴을 붉히고 마는 시인은 삶의 불가피한 왜소성을 통해 치유 가능성의 역설과 만난다. 그러니 '피뢰침'은 벼락을 막아 주는 기능 외에도 결국 인간이 죄를 피할 수 없다는 것을 알려 주는 역할도 맡고 있는 것이다. 가고 싶지만 갈 수 없는 시원의 상태가 거기 웅크리고 있다. 그만큼 노두식은 "모두 흘러가서 언젠가 닿을 곳"(「풀잎 하나가」)에 시선을 두면서도 "길의 끝은 언제나 희망으로 올 것"(「산책」)을 상상하는 시인이다. 그의 '어쩌지 못함'이 비관론으로 빠지지 않고 역설의 희망으로 번져 오는 까닭도 여기에 있을 것이다.

저마다 제 생애를 간직하고 있을
돌 하나를 골라
돌탑 위에 얹는

누구는 손끝이 떨리고 누구는
가슴이 뛰었을 것이다

눈을 꼭 감은
두 손을 앞에 모은
고개를 숙인

사람의 어둠

돌탑이 하늘을 향해

묵묵히 발돋움으로 서 주는 것은

저도 제 어둠을 버리고 싶기 때문이다

　　　　　　　　—「수락산 돌탑」 전문

바다는 바다를 품을 때가

가장 고요하지요

고요하다는 것은

무거운 자세로 가벼워지는 것이에요

숲이 숲을 품으면 하늘의 바다

바다가 되는 나무의 무게이지요

숲은 초록을 바꾸지 않아

고요한 하늘이 됩니다

인간의 바다에

나무와 초록이 작은 돌의 자세로 가라앉을 때

무게도 색깔도 소실되는 것은

돌을 품어 가벼워진 까닭일 거예요

대지를 닮은 돌은 정직합니다

돌의 의미는

언제나 다시 고요한 돌이 됩니다

　　　　　　　　　　　—「돌」 전문

　　시인은 '수락산 돌탑'을 바라보면서 탑을 이루고 있는
개개의 돌마다 간직하고 있을 생애를 돌아본다. 돌 하나
를 골라 돌탑 위에 얹는 누구의 손끝은 떨리고 누구의 가
슴은 뛰었을 것을 생각하면서 말이다. 눈을 감고 손을 모
으고 고개를 숙인 이들의 간절함이야말로 "사람의 어둠"
을 버리려는 의지에서 나온 것일 터이고, 돌탑이 하늘 향
해 발돋움하고 있는 것도 "제 어둠을 버리고" 싶은 까닭이
라고 시인은 갈파한다. 결국 오래도록 돌을 쌓아 올린 돌
탑의 세월은 모두 자신의 어둠과 맞선 시간이었을 것이
다. 그런가 하면 '돌'이 가지는 시원의 속성도 등장하는데,
시인은 바다가 스스로 바다를 품을 때 가장 고요하다는
잠언을 던진다. 무거운 자세로 가벼워지는 고요함이 거
기 깃들어 있기 때문이다. 숲이 숲을 품을 때에도 고요는

극에 달한다. 드디어 시인의 상상은, 숲이 돌의 자세로 가라앉는다면 그때 나무들은 무게도 색깔도 잃어버릴 것이라는 데 미친다. 돌을 품어 가벼워졌기 때문이다. 그렇게 대지를 닮은 돌은 정직하고 그때 돌은 "다시 고요한 돌"로 귀환하게 된다. 시인은 어디선가 "모티브의 절정에서 호흡은 고요"(『팽이』)라고 했거니와 그만큼 돌의 고요를 통해 가장 정직하고 투명하고 가벼워진 존재론적 시원의 상태를 그리고 있는 것이다. 돌이 가진 "둥글어질수록 섬세해지는/내면의 소리"(『몽돌을 듣다』)를 들으면서 "먼 수평선의/물빛 같은 고요 속에 잠길"(『눈을 감은 채로도』) 스스로를 상상해 보는 것이다.

생성이 있으니 소멸이 있구나
생성의 이전과 소멸의 이후는 어둠
생명을 가진 나는 이 어둠을
영원이라 부르겠다

무한은 우리의 영역이 아니니
영원은 다만 한계 밖을 동경하는 것
상상이 욕망하는 그것은
어쩌다 선善다운 선이 될 수도 있는 것

어둠은 생성을 낳았으며

소멸이 만든 것도 어둠이기에

어둠은 두렵거나 차라리 두렵지 않은 것이 되었다

우리가 꿈꾸는 영원은

소멸 후의 어둠 속에 있다

밝힐 수 없는 인간적 어둠

염원만 있는 영원이 된 우리의 꿈은

생명의 코어에

세상에 없는 불멸을 입혀 놓는다

　　　　　　　　　―「정서진에서」 전문

　　인천 '정서진正西津'은 강릉 '정동진正東津'의 대칭 개념으
로 정서 쪽 육지가 끝나는 곳을 말한다. 서해의 대표적 낙
조 명소이기도 하다. 시인은 해가 지는 그곳에서 모든 존
재자들이 겪는 생성과 소멸의 필연성을 실감하고 있다.
'생성 이전'과 '소멸 이후'는 우리가 알 수 없는 어둠일 것
인데, 시인은 생명을 가진 이 어둠을 '영원'이라 불러 본
다. 물론 그 '영원'은 한계 밖을 동경하는 것이고 상상이
욕망하는 것이다. 하지만 그것은 어찌 보면 "선善다운 선"

이 되기도 할 것이다. 그렇게 어둠은 끝없는 생멸의 과정을 감싸안으면서 우리 주위에 편재遍在해 있다. 우리가 꿈꾸는 영원 역시 "소멸 후의 어둠" 속에 있고, "영원이 된 우리의 꿈" 역시 새로운 상상을 통해 "생명의 코어에/세상에 없는 불멸"을 부여한다. 해 지는 정서진에서 바라보는 빛과 어둠, 생성과 소멸, 순간과 영원의 흐름이 밝고 역동적으로 다가오고 있다. 이때 시인이 바라보는 어둠의 이중성은 "불꽃 없이 빛나며/서늘하고 신성"(『산하엽』)한 기운과 함께 "더 높은 곳 더 넓은 공간에서 겸손"(『소외된 기억』)해지려는 역설까지 품게 된다.

이처럼 노두식의 시는 시인 스스로의 관찰 경험을 재현하면서 그 보석 같은 순간을 남기려는 의지로 구성되어 간다. 시인은 이러한 서정시의 고전적 기능이 오랜 기억과 순간적 감각의 작용을 통해 이루어진다는 사실을 개성적으로 증언한다. 그만의 심미적 기억을 통해 궁극적인 삶의 지표를 구축해 가는 것이다. 시인은 그럼으로써 한 시대의 불모성을 넘어서려는 의지를 드러내고 그러한 열망 속에서 매우 중요한 삶의 순간을 찾아낸다. 그 안에서 우리는 절실한 존재 확인의 순간을 경험하게 되고, 거기 담긴 삶의 비의秘義를 매만지면서 흔치 않은 정신적 고양高揚을 하게 된다. 그리고 이러한 경험은 우리로 하여금 존재 전환의 활력과 함께 삶을 견디고 치유하는 실존적 자각의 계기를 가지게끔 해 준다. 사물의 존재 방식을 지극하게 응시하는 그의 시선이 경험적 세계 안에서 이루어 가는 상상적 시원의 구축 역할을 흔연히 감당하고 있는 것이다.

4. 결코 사라지지 않는 소중한 존재자들을 위하여

이렇듯 존재자들의 생멸 과정을 깊이 있게 탐구한 노두식 시인은 비록 작고 부드럽고 친숙하지만 결코 사라지지 않는 것들을 천천히 옹호해 간다. 자신의 몸에 새겨진 수많은 그리움의 심층을 되살리면서 자기 기원origin에 대한 역류逆流로 몸과 마음을 옮겨 간다. 지나온 시간에 한없는 그리움을 부여하면서 깊고 오랜 존재론적 기원을 유추해 가는 것이다. 거기서 시인은 인생론적 세목을 수없이 파생시키면서 삶의 근원적 이법理法에 대한 곡진한 깨달음을 노래한다. 그리고 궁극적 존재 전환의 소망을 스스로에게 각인해 간다. 그것은 속된 세상을 넘어 어떤 신성한 것에 가 닿으려는 노력이기도 할 터인데, 이를테면 사라져 간 것과 그리워지는 것을 결속하는 과정에서 그

노력은 새삼 미학적 결실을 생성해 간다. 그렇게 시인은 깊은 눈길로 세계를 응시하고 거기에 자신의 기억을 던지는 모험을 마다하지 않으면서, 자신의 삶을 구성하는 타자들을 향해서는 중량감 있는 성찰의 언어를 부여해 간다. 이러한 사유와 감각이 스스로에게는 구심력을 부여하게 되고, 시를 읽는 우리에게는 속악한 현실을 벗어나 향원익청香遠益淸의 원심력을 경험하게 해 주는 것이다.

나는 두려워하는 거지

나아가 나의 것이라고 확신하는 순간

이미 나의 것이 아니었던 수많은 삶이 있었으니까

새로운 길에 한 발을 내디딜 때마다

우수수 무너져 내리던 친숙했던 시간과 공백들을 기억하며

비록 그것이 한갓 낡고 소소한 감정이라 해도

더는 나의 소유라고 선언할 수 없다는 건

슬픈 일이 아닐 수 없었지

그냥저냥 되는대로가 아니라

한결같기를 원하는 것이

모든 소중한 것들에 대한 예의이기도 하니

무모한 욕심이라고 치부하지나 않기를 바라

이대로의 지금이 좋아

일출과 일몰이 변하지 않고 일상이란 의무가 있고

사랑할 사람과 사랑해 주는 이가 있는

게다가 이제는 웬만해서 동요하지 않을

주름투성이의 고집들이 버티고 있는 나의 쇠락한 정원도

—「이대로가 좋다」 중에서

경혈을 찌르고 쑥을 비비던 손

욕창을 씻어 내던 손으로

빵을 떼어 먹습니다

아이의 머리를 쓰다듬습니다

환부를 촉진하던 손끝에 골무도 끼웁니다

세상일들은

손을 가리지 않습니다

손은 길들이는 대로 귀천貴賤입니다

손이 곧 마음인 것은

그래서입니다

우리가 사랑을 배우는 것도 그래서입니다

―「손」 전문

　노두식 시인은 살아가면서 "나의 것이라고 확신하는 순간" 그것이 이미 나의 것이 아닌 수많은 순간을 경험하였노라고 한다. 새로운 발걸음을 내디딜 때마다 무너져 내리던 시간과 공백을 기억하면서 삶의 부득이한 두려움을 고백하고 있다. 낡고 소소한 감정들조차 이제는 내 것이 아닌 건 참으로 슬픈 일일 것이다. 그래서 시인은 소중한 것들이 모두 한결같기를 바랄 뿐이다. 지금 이대로가 가장 좋기 때문이다. 일출과 일몰, 사랑하는 이와 사랑해 주는 이, 쇠락한 정원까지, 비록 낡아 가지만 사라지지는 않는 친숙한 일상의 결을 시인은 이토록 사랑한다. 그런가 하면 시인은 자신의 '손'을 두고 경혈을 찌르고 쑥을 비비고 욕창을 씻어 내던 기억을 떠올린다. 그리고 그 손으로 빵을 떼어 먹고 아이의 머리를 쓰다듬는다. 환부를 촉진觸診하던 손끝에 골무를 끼우기도 한다. 그렇게 세상일들은 손을 가리지 않는다. 이러한 성찰을 통해 시인은 "손은 길들이는 대로 귀천"이고 "손이 곧 마음"이라고 그래서 '손'을 통해 사랑을 배워 가는 것이라고 말한다. 결국 시인이 노래한 '한결같은 것들'과 '손을 가리지 않는 일상'은 모두 우리 삶을 구성하는 가장 귀하고 아름다운 세목인 셈이다. "어디에서나 한번쯤/마음 따라 다시 피는 꽃"(「나의 꽃」)이 거기에 있고, "오랜 날 백자 꽃병에 담가 두었던 마음"(「목련」)이나 "속살 쪼아 새겨 놓은 꽃잎 같은 시간들"(「분홍 문신」)도 그 안에서 농울치고 있지 않은가.

너의 투명한 볼 위에 진줏빛

보조개가 피는 때에는

열두 가지 빛깔

먼바다로부터

해풍이 날아온다

은모래 위에서

넌 내 가슴속에 한 줌씩

맑은 물이 고이는 샘을 파내며

아장아장 걸어 다니고

아가야 새벽이 열리는 하늘에

네 손끝마다 묻어나는

크레파스 크레파스

아빠는 너의 곤한

눈까풀로

졸음처럼 밀려오는 사랑을

사랑을 보는구나

—「크레파스로 그린 사랑」 전문

사진 속의 젊은 어머니는

늘 웃고 계신다

다가가 마주하면 기억 속에 되살아나는

그날 그때

어머니의 웃음소리에 귀를 기울이다가

아이가 되어

엄마를 불러 본다

어머니는

혼자만 들을 수 있는 작은 목소리로

오냐, 그래

대답해 주신다

어머니보다

나이가 더 든 나는

왠지 자꾸 눈물이 난다

　　　—「오래된 사진」 전문

　　이번에는 시인에게 가장 친숙하고 눈동자처럼 소중
한 이들에 대한 이야기가 펼쳐진다. 먼저 시인은 어린 딸
에게 크레파스처럼 아름다운 사랑의 메시지를 보내는데,
"투명한 볼 위에 진줏빛/보조개"나 "네 손끝마다 묻어나
는/크레파스"는 아빠로 하여금 아가를 상상하게 하는 또
렷한 이미지일 것이다. 해풍 불어오는 은모래 위에서 아
빠의 가슴속에 맑은 물 고이는 샘을 파내는 아가는 "새벽
이 열리는 하늘" 그 자체였을 것이다. 딸의 "곤한/눈까풀
로/졸음처럼 밀려오는 사랑"을 바라보는 아빠의 행복감이
해풍처럼, 은모래처럼, 파랑波浪처럼 밀려오는 아름다운
시편이다. 그런가 하면 시인은 '오래된 사진' 속에서 늘 웃
고 계신 젊으신 어머니를 바라보기도 한다. 다가가 마주
하면 기억 속에 선명하게 살아나는 그날 그때의 어머니 웃
음소리에 귀 기울이다가, 시인은 어느새 아이가 되어 그날
그때의 어머니를 불러 본다. 어머니의 목소리가 희미하게
들려올 때, 이제는 "어머니보다/나이가 더 든" 시인은 눈물

겨운 순간을 맞이할 뿐이다. 이처럼 '크레파스'나 '오래된 사진'은 '어머니-시인-딸'을 이어 주는 존재론적 기원의 표지標識인 셈이다. 낡고 소소하지만 결코 사라지지 않는 것들에 대해 시인은 이렇게 "아버지는 언제나 수평"(『아버지의 거울』)이셨다는 기억도 보태고 "소리 없어 정淨한/그런 깨지 않을 꿈같은 마을"(『간절하다』)도 소환하고 있는 것이다.

노두식 시인이 펼쳐 가는 인생론적 성찰 과정에는 시간의 흔적을 들여다보려는 회상의 행위가 항상 수반된다. 이는 시간의 흐름을 따라 스스로 완성해 가려는 의지를 담은 것이고, 그 과정을 반성적으로 사유하려는 시선과 깊이 관련된다. 이때 시간이란 분절적으로 균질화한 단위가 아니라 삶의 구체성 속에서 기억되는 시인 자신의 주관적 형식을 말하는 것이다. 이처럼 우리는, 시간 안에서, 시간을 따라, 타자들과 상호 의존적 연관성을 맺고, 세계 내적 존재로 살아가는 시인을 만나게 된다. 그러한 필연적 연관성이 초래하는 희로애락을 암시하는 그의 시를 통해 시적 전언의 투명성과 진정성을 경험하는 것이다. 이때 그만의 존재론적 기원이 스스럼없이 각인되어 가고, 그의 시는 회상과 깨달음의 갱신 과정을 통해 우리가 근원에서부터 잃어버린 순간에 대한 인지적이고 정의적인 충격을 선사해 준다. 물론 이러한 기능으로 노두식 시의 존재를 다 설명할 수 있는 것은 아니다. 어쩌면 그의 시는 인생의 갈등과 균열을 충분히 참작하면서도 서정시가 추구하는 중용과 희망의 영토를 확장해 갈 가능성으로 충일해 있기 때문이다. 특별히 근원에서부터 잃어버린 것들에 대한 인지적이고 정의적인 충격을 순간적으로 허락하는 실례로서 그의 시는 퍽 돌올하게 남을 것이다. 이 또한 여전히 그가 스스로의 삶을 성찰하고 또 그 안에서 세상을 인지하는 시인임을 알려 주는 지표가 되고도 남음이 있다. 그 과정에서 우리는 결코 사라지지 않는 소중한 존재자들을 위하여 부르는 그의 노래를 듣고 있는 것이다.

5. 근원적인 존재를 궁구하는 불가피한 '존재의 집'

또한 노두식은 시 안에서 매우 자연스러운 호흡을 만들어 내는 역량과 지향을 가진 시인이다. 소리 내어 읽어 보면 그 자연스러운 음률을 온몸으로 느낄 수 있다. 이는 시인이 매우 큰 노력을 기울이는 부분이 아닐 수 없는데, 말하자면 독자들이 읽어 가기에 맞춤하도록 시의 형태와 흐름을 완성하려는 의지가 곳곳에 충일하다는 뜻이다. 그리고 그것은 사물들 사이를 규율하는 우주의 호흡을 시인이 잡아채려는 의지의 발현이기도 하다. 그렇게 그의 시는 좁은 의미의 계몽성에 갇히지 않고 고유한 예술적 의장意匠 속에서 특유의 확장성을 얻어 간다. 거기에 더하여 그의 시는 사물을 바라보는 세련성을 통해 자신의 경험과 언어로 세계를 장악하는 힘을 보여 준다. 사물의 순간성을 통해 감각의 쇄신과 인지의 충격을 선사하는 데 이러한 시법詩法은 단연 제격이다. 우리는 그러한 그의 시편에서 삶이 단선적 질서에 의해 직진하는 것이 아니라 대립적이기까지 한 요소들을 복합적으로 끌어안고 흘러가는 것임을 알게 된다. 우리가 알거니와 서정시의 핵심적 기율은 사물에 대한 새로운 의미 부여와 함께 그것을 자신의 삶의 국면과 등가적 원리로 결합하는 비유적 속성에서 찾아지는 것이다. 노두식 시인은 사물과 주체의 조응照應을 자신의 시선으로 해석해 가는 과정에서 '시적인 것'을 생성해 내는데, 여기에는 합리적 지성이 인간의 사유와 정서와 행위를 규율한다는 고전적 생각과, 낭만적 충동이 그 역할을 한다는 생각이 평행선을 이루고 있다. 이 또한 노두식 시의 균형 감각을 설명해 주는 유력한 증거일 것이다. 그래서 우리는 그의 시에서 비극성 너머 있을 법한 초월의 가능성을 놓치지 않는 것이다.

키 큰 나무에서

마른 잎 하나가 떨어져

툭 어깨 위에 내린다

노동과 근면이 바스락바스락

마지막 숨을 몰아쉰다

늙은 쥐똥나무는 앙상한 손을 들어

말없이 토닥여 준다

위안이란 이런 것이다

알아주는 마음이다

—「쥐똥나무」 전문

구두 한 켤레를

대문 밖에 내어놓았다

닳고 긁히고 찌든 시간들과 함께

신을수록 발보다 더 익숙한 발이 되어 가던

낡은 소가죽 구두

구두처럼 해진 내가

서로 닮아 가던 구두를 버렸다

구두는 이제 걷지 않아도 되는 길로 들어섰다

해지면

헤어져 가야 하는

겸손한 그 길

─「그 길」 전문

  시인은 '쥐똥나무'라는 구체적 생명을 통해 일상의 온기를 찾아간다. 키 큰 나무에서 떨어지는 마른 잎 하나가 어깨 위에 내릴 때 시인은 "노동과 근면"이 가쁜 숨을 몰아쉬는 것을 느낀다. 이때 앙상한 손으로 말없이 토닥여 주는 늙은 '쥐똥나무'의 행위는 시인에게 '위안'이란 "알아주는 마음"임을 깨닫게 해 준다. 나아가 시인은 대문 밖으로 내어놓은 낡은 소가죽 구두 한 켤레를 "닳고 긁히고 찌든 시간"으로 은유한다. "신을수록 발보다 더 익숙한 발"이 되어 가던, 어느새 자신을 닮아 가던 그 구두를 이제 더 이상 "걷지 않아도 되는 길"로 내보낸 것이다. "해지면/헤어져 가야 하는/겸손한 그 길"로 말이다. 이처럼 시인은 '위안'과 '낡아 감'이라는 일상적 질서를 시적으로 구성하면서 "갈탄처럼 달아올라 꽃잎으로 피어나던"(『낙섬을 그리다』)존재자들이 마침내 가야 할 길을 제시한다. "수묵화의 잔설처럼 희미해"(『산수국』)지는 순간에도 우리의 삶을 가능하게 하는 역설의 가능성이 그 안에 숨 쉬고 있지 않은가.

이제 떠나려 하네, 돌아서면

아늑했던 둥우리와

귀에 익은 지빠귀 울음소리도 낯설어지겠지

바람 한 점 없이 흔들리던

나무는 등 뒤에서 헛기침을 하네

환영처럼 시야를 어지럽히던

추억들이 잔물살을 일으키며 흘러가고

지층을 뚫고 내리는 무게로

마뜩잖은 이가 오는지 작달비가 나무를 에워싸네

아득한 들판 위에

지칫거리며 남겨 놓을 발자국들이 먼저 보이고

돌리지 못하는 고개에

목줄을 걸어 당기는 손이 있네

나무는 사선으로 구름만 좇다가

빈집이 될 터이고

가난이란 것이 무엇인지 나도 이제는 알겠네

나비잠 자며 꾸던 꿈들이 우죽마다 물러앉네

이제 들메끈을 조여야겠네

고마운 시간들을 한순간처럼 보듬어 안고

어딘가 깊은 곳 내가 닿을 궁극의 초록을 그리며

슬프지 않은 노래를 그림자처럼 끌고서

먼 길을 떠나야겠네

　　　　　　　—「슬픈 노래」 전문

이 '슬픈 노래'는 우리를 엄습하는 존재론적 슬픔에도
불구하고, 더 이상 슬프지 않을 시간을 끌어당기는 역설
로 충일하다. 시인은 비장감 있게 "아늑했던 둥우리와/귀
에 익은 지빠귀 울음소리"를 떠나려 한다. 바람 한 점 없
이 흔들리던 나무들도 헛기침을 하고, 환영처럼 떠오르던
추억들도 흘러가고, 작달비도 지층을 뚫고 내리고 있다.
나무는 어느새 빈 집이 될 것이고 시인은 그제야 가난이

무엇인지 알게 될 것이다. 이제 시인은 들메끈을 조이면서 고마운 시간들을 보듬어 안고 "슬프지 않은 노래를 그림자처럼 끌고" 가려 한다. "어딘가 깊은 곳 내가 닿을 궁극의 초록"을 그리면서 먼 길을 떠나는 시인의 모습이, 슬픔의 화신이 아니라, 새로운 질서를 향해 나가는 모험과 도약의 순간을 숨겨 놓은 듯하다. 그 길에서 시인은 "홀로 따뜻하게 새처럼 내려앉는 꿈"(『꿈의 잠』)을 꾸게 될 것이다. 비로소 "다른 이가 보는/내가 따로 있었다는 것"(『내가 어떤 이의 나무였을 때』)을 알아 가며 "누가 다가가도 꽃으로 피어나게 하던"(『올봄에도』) 시절을 새삼 기억해 낼 것이다.

대체로 서정시는 지나온 시간에 대한 경험을 새롭게 구성해 내는 '시간예술'로서의 속성을 지닌다. 다양한 기억을 다루면서 우리로 하여금 오랜 시간을 따라 삶의 근원에 대한 상상을 경험하게끔 해 주기도 한다. 노두식의 시는 스케일 큰 우주적 상상력으로부터 미세한 사물의 움직임에 이르기까지 언어의 울타리 안에 그것을 담음으로써 이러한 서정의 원리를 한껏 실현해 간다. 또한 우리는 그의 시를 통해 순간적 정서를 통해 고전적 감각을 얻기도 하고 인간의 원초적 정서와 통합적 삶의 이치를 경험하기도 한다. 이때 우리는 서정시가 근원적 존재를 궁구하는 불가피한 '존재의 집'임을 알게 된다. 그렇게 노두식 시의 미학적 자장磁場은 근원적 순간을 찾아가는 순간의 하염없는 매혹과 그리움으로 출렁이고 있는 것이다.

6. 삶에 대한 긍정을 소망하는 심미적 감각과 사유

지금까지 우리가 읽어 왔듯이, 노두식의 시는 합리적 이성으로는 포착할 수 없는 미학적 광채를 표현하는 언어적 양식으로 훤칠하게 다가온다. 그의 낮은 목소리는 서정시가 구현할 수 있는 이러한 특성의 결정적 발화이자 기억의 현상학을 구성하는 독자적 음성이기도 하다. 시인은 자신만의 미학을 설계하고 수행해 가는 장인匠人으로 다가오면서, 자기 발견의 의지와 타자 사랑의 마음을 동시에 보여 준다. 자신에 대한 성찰과 타자들에 대한 연민의 성격을 동시에 띠면서, 인간과 인간 사이에 개재하는 친화적 정서나 행위를 표상하고 있다. 그렇게 노두식 시인은 자신의 구체적 경험을 수습하면서 위무와 사랑의 정서적 책무를 수행하고 있다는 점에서 흔치 않은 예술적 온기를 띠고 있다 할 것이다.

결국 시인은 이번 시선집에서 자신의 시를 감싸고 있는 뭇 사물들에게 귀를 세우고 그네들이 요청하는 근원적 차원을 사유해 간다. 사물들의 움직임에 조응하면서 그 문양文樣을 어루만지는 넓고 깊은 품을 각별하게 보여준다. 사물들의 근원적 소리를 탐침探針함으로써 그 안에서 잊혀지거나 흘려보냈던 타자의 목소리를 듣는 시인은 그 목소리를 때로는 울음으로 들려주면서 독자적인 파생적 기억을 만들어 간다. 의식과 무의식 속에 두루 각인된 시간 경험을 새롭게 만들어 가면서 시간의 가파른 흐름을 실존적 형식으로 받아들이는 것이다. 그러면서도 유한자有限者의 겸허함을 잊지 않고 삶에 대한 확연한 역상逆像으로서의 매혹을 빠뜨리지 않는다. 더욱 중요한 것은 그의 시에 나타나는 겸허와 매혹이 절망이나 달관으로 빠져들지 않고 세계내적 존재로서의 인간이 가지는 고유한 긴장과 성찰을 따뜻하게 제공하고 있다는 점일 것이다. 그것은 소박한 자기 긍정으로 맥없이 귀결되거나 시간 자체에 대한 한없는 외경으로 나아가지 않고 시간의 흐름에 따라 마모되어 가는 삶에 대한 궁극적 긍정을 소망하는 심미적 감각과 사유로 나타나고 있는 것이다.

이제 노두식의 시는 '사랑'과 '기억'이라는 두 가지 축을 근본으로 삼아 거기에 다양한 언어를 장착해 가는 섬세한 미학적 자의식으로 나아갈 것이다. 생성적 사유와 감각을 복

원하는 일로 무게중심을 할애해 가면서, 지속적 자기 탐구
와 타자들에 대한 관심을 결합해 갈 것이다. 이러한 과제를
그는 특유의 균형 감각 속에서 심화해 갈 것이다. 자연스럽
게 그 안에서는 사물과의 다채로운 교응交應을 통해 완미한
서정시의 미학을 이루어 가는 시인의 양식적 의지와 역량
이 깊이 출렁이게 될 것이다. 그리고 시인의 더할 수 없이 고
요한 마음이 그려 낸 예술적 원형들이 우리의 마음을 오래
도록 울려 줄 것이다. 이렇게 삶의 궁극으로 귀환하는 사랑
의 역설을 아름답게 담아 낸 이번 시선집 간행을 진심으로
축하드리면서, "진정한 축복은 자기답게 사는 것"(『어르고 달래
며』)이라고 스스로 노래하였듯이, 앞으로도 '시인 노두식'의
예술적 도정이 더욱 심원하고 융융한 길로 나아가기를 마음
깊이 희원해 마지않는다.

□ 저자 약력

◆ 노두식盧斗植

1948년 인천 출생.

◆ 학력

인천교육대학부속국민학교, 인천중학교, 제물포고등학교 졸업. 경희대학교 한의과대학 및 동 대학원 졸업(한의학 박사). 한국예술종합학교 최고경영자 문화예술과정 수료. 연세대학교 언론홍보 최고위과정 수료.

◆ 경력

세계침구학회 학술이사(S.I.A), 태권도송무관달마회장, 인천직할시 사격연맹 부회장, 노틀담장애인직업훈련원 후원회장, 뉴인천라이온스클럽 회장, 인천교육대학교 후원회장, 인천보호관찰소 운영위원, 인천직할시 남구체육회 이사, 대한한의사협회 인천광역시 회장, 인화회仁和會 회원, 인천검찰청 의료자문위원, 인천광역시 지역 의료·효심위원회 위원, 한국의과학연구소 임상자문위원장, 인천광역시 의료심사조정위원회 위원, 인천유나이티드FC팀 의료인단 고문, 아너소사이어티 회원, 경산대학교 한의과대학 외래교수, 경희대학교 한의학과학기술연구소 전문위원, 경희대학교 외래교수.

Marquis who's who in the world(18th edition), in Asia(2007) 등재, KBS 라디오 〈건강365일〉, 대교방송(C-TV) 생활강좌, 인천방송(TV), 인천케이블TV, SBS 〈당신은 라디오스타〉 등 다수 출연.《경인일보》등 신문·잡지 칼럼 다수 게재.

◆ 수상
보건복지부장관(손학규) 표창, Marquis who's who 2017 평생공로상, Marquis who's who 2018 평생공로상, 2020년 인천문학상 수상.

◆ 문단 및 예술활동
1972년 문학동인지 이인異人문학동인 결성, 인천청년문학가회·인천문학·월미문학·율리문학·내항문학동인, 극단 '집현集賢' 창단 멤버, 1991년《문학세계》시부문 당선, 現 한국문인협회·한국시인협회·현대시인협회 회원.

◆ 저서

『Medical plants of Korea(영문판)』,『동의보감 약초 약재 369』,『한방방제감별조견표』,『재미있는 한방 이 야기』,『엄마 건강하게 키워주세요』,『노두식 박사의 생활한방 114』등.

◆ 시집

『크레파스로 그린 사랑』,『바리때의 노래』,『우리의 빈 가지 위에』,『꿈의 잠』,『마침내 그 노래』,『분홍 문 신』,『기억이 선택한 시간들』,『기다리지 않아도 오는 것』,『가는 것은 낮은 자세로』,『떠다니는 말』,『악어는 꿈을 꾸지 않는다』등.